„Erst jetzt spür ich,
daß Sie da waren,
wie man erst den Wein spürt,
wenn er eine Weile hinunter ist.
In Ihrer Gegenwart wünscht man sich reicher an
Augen, Ohren und Geist,
um nur zu sehen,
und glaubwürdig und begreiflich finden zu können,
daß es dem Himmel,
nach so viel verunglückten Versuchen,
auch einmal gefallen und geglückt hat
etwas Ihresgleichen zu machen."
(J. W. v. Goethe, Brief an Maria Antonia von Branconi, 28.8.1780)

Werner Bockholt / Elisabeth Schulte Huxel
Was Sie schon immer über Johann Wolfgang von Goethe wissen wollten, bisher aber nicht zu glauben wagten

Herstellung
SCHNELL Buch & Druck GmbH
Waterstroate 16, 48231 Warendorf

Oststraße 24, 48231 Warendorf
ISBN 3-87716-818-3

Warendorf, 28.8.1995 - 2. Auflage 1999

Die Fotos entstanden in Weimar
und stammen von den Autoren.

SCHNELL Buch & Druck
Warendorfer Lieblingsbücher

Was
Sie schon immer
über
Johann Wolfgang von Goethe
wissen wollten,
bisher
aber nicht zu
glauben wagten

Werner Bockholt
Elisabeth Schulte Huxel

SCHNELL

Inhalt

Vorwort

Der Zugang zur älteren deutschen Literatur und seinen Dichtern erweist sich in der Gegenwart häufig als problematisch. Ihre Sprache erscheint dem Leser fremd, ihre Inhalte erscheinen oft antiquiert und die gewählten Formen verhindern oftmals Zugangsmöglichkeiten. Diese Schwierigkeiten werden auch auf die Autoren übertragen, so daß häufig allein bei der Erwähnung des Namens Goethe Barrieren aufgebaut werden und unverzüglich „die Klappe fällt".

Dieses distanzierte Verhältnis kann Schritt für Schritt abgebaut werden, wenn man sich näher mit Goethe beschäftigt. Dieses wird dadurch erleichtert, daß Goethe vielleicht derjenige Mensch des späten 18. und frühen 19. Jahrhunderts ist, über den wir am meisten wissen.

Johann Wolfgang von Goethe, am 28. August 1749 in Frankfurt am Main geboren und am 22. März 1832 in Weimar gestorben, gilt gemeinhin als bedeutendster deutscher Dichter und Kopf der literarischen Epoche der deutschen Klassik. Seine literarische Tätigkeit war sehr umfangreich. Sie berührte in ihren Anfängen das Rokoko, erlebte Höhepunkte im Sturm und Drang und besonders in der Klassik, aber wies zum Schluß durchaus auch romantische Elemente auf.

Neben der Dichtung sind Goethes autobiographische Schriften von Bedeutung, aber auch seine naturwissenschaftlichen Studien sind nicht zu unterschätzen. So hat Goethe etwa im Bereich der Botanik, Anatomie, Zoologie, Mineralogie, Meteorologie, Optik und Farbenlehre gearbeitet.

Dabei war Goethe von Haus aus Jurist. Sein Jurastudium begann er in Leipzig und beendete es in Straßburg. Er promovierte zum Dr. jur. und war als Anwalt in Frankfurt tätig, danach am Reichskammergericht in Wetzlar. 1775 ging er nach Weimar und wurde dort am Hof des Herzogs Karl August 1776 Geheimer Legationsrat.

Goethe erweist sich über seine literarische Tätigkeit, über seine Funktion als Geheimrat am Weimarer Hof und seine naturwissenschaftlichen Studien hinaus als Mensch mit allen erdenklichen Stärken und Schwächen.

Seine autobiographischen Werke, seine Briefe an „Gott und die Welt", die Briefe an ihn und die Briefe über ihn, seine Tagebuchaufzeichnungen und die schriftlichen Belege seiner Zeitgenossen lassen Goethe in ein Licht treten, das Faszination und Bewunderung, Mitgefühl und Respekt, Achtung und gelegentlich auch Schmunzeln hervorruft.

Generationen von Biographen haben sich bisher an Goethe versucht und sich die „Zähne ausgebissen", vieles ist ausgewertet und interpretiert, vielleicht noch mehr spekuliert und vermutet worden, nie ist es so ganz geschafft worden, Goethe in seinem ganzheitlichen Charakter zu fassen.

Diese Unmöglichkeit, Goethe zu charakterisieren, hat bereits 1774 F. H. Jacobi Wieland mitgeteilt, als er schrieb:

„Je mehr ich's überdenke, je lebhafter empfinde ich die Unmöglichkeit, dem, der Goethe nicht gesehen noch gehört hat, etwas Begreifliches über dieses außerordentliche Geschöpf zu schreiben." (F.H. Jacobi an Wieland 27.8.1774)

In der vorliegenden Publikation soll es nicht darum gehen,

Goethe in ein neues biographisches Licht zu tauchen, vielmehr liegt die Absicht dieses Buches darin, Goethe einmal so zu zeigen, wie man ihn sich gewöhnlich nicht vorstellt. Nicht der große Dichter und Denker soll herausgekrempelt werden, sondern der Mensch Goethe, der sich mit den Tücken des Alltags und seinen eigenen Wünschen und Begierden auseinandersetzen mußte und, wenn es sie gegeben hätte, der Boulevardpressse und den Klatsch- und Tratschmagazinen als Mega-Star so manche interessante Geschichte geliefert hätte.

In kurzen episodenartigen Beiträgen soll eine Persönlichkeit der deutschen Kulturgeschichte schlaglichtartig skizziert werden, die nicht nur am Schreibtisch saß und ein Drama nach dem anderen produzierte, sondern die mitten im Leben stand und mit allen Problemen des Alltags`fertigwerden mußte. Goethe entpuppt sich dabei nicht nur als ein „Allround-Talent", als „Enfant terrible" und als ein „Hans Dampf in allen Gassen", sondern viele Vorurteile, die man sich über die Schulzeit hinweg über Goethe mühsam analytisch erarbeitet hat, müssen als schlichtweg falsch bezeichnet werden. Goethe erweist sich bei näherer Betrachtung als schillernde Persönlichkeit mit einem facettenreichen Leben und Erleben.

In diesem Buch „Was Sie schon immer über J. W. v. Goethe wisssen wollten, bisher aber nicht zu glauben wagten" soll ein Bild der vielleicht berühmtesten deutschen Persönlichkeit entwickelt werden, das fernab jeder philologischen Überhöhung steht. Im Mittelpunkt steht Goethe als Mensch. Dabei sind die Anekdoten, Geschichten und Erlebnisse rund um Goethe seinen autobiographischen Schriften entnommen worden,

Briefe von ihm, an ihn und über ihn wurden durchgeforstet, Tagebücher und Texte von Zeitgenossen wurden eingesehen, aber auch die Sekundärliteratur, zahlreiche biographische Untersuchungen mit ihren Charakterisierungen von Goethe boten genügend Stoff, um diese Auswahl zusammenzustellen.

Sie erhebt nicht den Anspruch, Goethe nunmehr neu zu fassen oder gar in ein neues Licht zu rücken, die kurzen Texte machen aber deutlich, daß er durchaus auch menschliche Züge, und was für welche, aufzuzeigen hatte. Darüber hinaus soll dieses Buch dazu beitragen, Schwellenängste abzubauen, Zugangsmöglichkeiten zu entwickeln, um vielleicht den einen oder anderen Text von Goethe zu lesen, um zu erfahren, daß Goethe eine der faszinierendsten Gestalten der deutschen Kulturgeschichte ist.

Als Goethe 1775 in Weimar eintraf, notierte Knebel über ihn:

„Wie ein Stern, der sich eine Zeitlang in Wolken und Nebel verborgen hatte, ging Goethe auf. Jedermann hing an ihm, sonderlich die Damen. Er hatte noch die Werthersche Montierung an, und viele kleideten sich darnach. Er hatte noch von dem Geist und den Sitten seines Romans an sich, und dieses zog an. Sonderlich den jungen Herzog, der sich dadurch in die Geistesverwandtschaft seines jungen Helden zu setzen glaubte. Manche Excentricitäten gingen zur selben Zeit vor, die uns auswärts nicht in den besten Ruf setzten. Goethes Geist wußte indessen ihnen einen Schimmer von Genie zu geben."

Alle Töpfe auf die Straße

Applaus für den jungen Goethe

Bemerkenswert bei Johann Wolfgang von Goethe ist, daß über seine Kindheit nur wenige Ereignisse bekannt sind. Lediglich in seinen autobiographischen Schriften (Dichtung und Wahrheit) wird über ein Kindererlebnis berichtet, das sich in Frankfurt im Elternhaus ereignete und das Goethes Mutter mit wenig Begeisterung aufgenommen haben wird.

„Die Meinungen erzählten gern allerlei Eulenspiegeleien, zu denen mich jene sonst ernsten und einsamen Männer angereizt. Ich führe nur einen von diesen Streichen an. Es war eben Topfmarkt gewesen, und man hatte nicht allein die Küche für die nächste Zeit mit solchen Waren versorgt, sondern uns Kinder dergleichen Geschirr im kleinen zu spielender Beschäftigung eingekauft. An einem schönen Nachmittag, da alles ruhig im Hause war, trieb ich im Geräms mit meinen Schüsseln und Töpfen mein Wesen, und da weiter nichts dabei herauskommen wollte, warf ich ein Geschirr auf die Straße und freute mich, daß es so lustig zerbrach. Die von Ochsenstein, welche sahen, wie ich mich daran ergötzte, daß ich so gar fröhlich in die Händchen patschte, riefen: ‚Noch mehr!' Ich säumte nicht, sogleich einen Topf und, auf immer fortwährendes Rufen: ‚Noch mehr!', nach und nach sämtliche Schüsselchen, Tiegelchen, Kännchen gegen das Pflaster zu schleudern. Meine Nachbarn fuhren fort, ihren Beifall zu bezeigen, und ich war höchlich froh, ihnen Vergnügen zu machen. Mein Vorrat aber war aufgezehrt, und sie riefen immer: ‚Noch mehr!' Ich eilte daher stracks in die Küche und holte die irdenen Teller, welche nun freilich im Zerbrechen noch ein lustigeres Schauspiel gaben; und so lief ich hin und wider, brachte einen Teller nach dem andern, wie ich sie auf dem Topfbrett der Reihe nach erreichen konnte, und weil sich jene gar nicht zufrieden gaben, so stürzte ich alles, was ich von Geschirr erschleppen konnte, in gleiches Verderben. Nur später erschien jemand, zu hindern und zu wehren. Das Unglück war geschehen, und man hatte für so viel zerbrochene Töpferware wenigstens eine lustige Geschichte, an der sich besonders die schalkischen Urheber bis an ihr Lebensende ergötzten."[1)]

Vom biederen Dorfjungen zum modischen Trendsetter

Goethe und seine Kleidung

Die Entwicklung von Goethe zum Trendsetter im Bereich der Herrenmode war ein langer Weg. Denn als er sich als 16jähriger 1765 aufmachte, um zum Studium nach Leipzig zu gehen, konnte von gekleidet keine Rede sein, eher konnte man ihn als „eingewickelt" bezeichnen. Die schwere und altmodische Kleidung, die er bei seiner Ankunft in Leipzig trug, bestand aus bestem englischen Tuch, das von seinem Vater aus Kostengründen en masse eingekauft worden war und für Jahrzehnte reichen sollte. Aus Ersparnisgründen wurde die Kleidung zudem vom Hausdiener Goethes geschneidert, und dementsprechend sah der junge Student auch aus. Mit seiner Kleidung im altfränkischen Stil glich Goethe eher einem aus einer Komödie entsprungenen Dorfjungen. Dennoch war Goethe von sich überzeugt. So schrieb er kurz nach seiner Ankunft einen Brief nach Hause, im dem stand: „... Ich mache hier große Figur!..." Das kann sich jedoch nicht auf sein Aussehen bezogen haben. In Leipzig, wo man viel Wert auf elegante und schicke Kleidung legte und sich gern weltoffen gab, fiel Goethe natürlich auf, das hausbackene Outfit wirkte komisch und witzig, so daß er relativ rasch seine biederen Klamotten ablegte, um sich neu „à la mode" einzukleiden.

Bei seiner Ankunft in Leipzig mußte Goethe feststellen, daß diese Stadt doch etwas anderes war als Frankfurt. Man gab sich weltoffen, legte Wert auf Sitte und Umgangsformen und natürlich auf ein schickes Äußeres, eine wohlhabende Eleganz und einen guten Geschmack. In einem zeitgenössischen Gedicht werden die Verhältnisse in Leipzig wie folgt beschrieben:

„Sei nur ein Leipziger, verwirf die schlechte Tracht,
Die dich hier lächerlich, und Schönen schrecklich macht.
Dein Zopf verwandle sich in einen schwarzen Beutel;
Kein Hut bedecke mehr die aufgeputzte Scheitel;
In Jena ließ dir nur ein kurzer Ärmel schön,
Weit besser wird dir hier ein langer Aufschlag stehn.
Dein ungekämmtes Haar gleicht einem Sperlingsneste:
Wie häßlich läßt Dir nicht die leichte gelbe Weste.
Sie, die itzt spöttisch kurz um deine Hüften schlägt,
Sei länger aus Grisett und stark mit Gold belegt.
Die Reuter laß allein die schweren Stiefeln drücken,
Wie kann die Mädchen nicht ein seidner Strumpf entzücken ;
Dein Degen werde klein, und knüpft um ihn ein Band
Zum Zeichen, daß du dich zu meinem Reich bekannt.
Verabscheu von nun an die ungezognen Händel;
Sprich zierlich und galant, und rieche nach Lavendel."

Einer seiner Bekannten schrieb in einem Brief über Goethe an seine Eltern: „Wenn Du ihn nur sähest, Du würdest vor Zorn rasend werden oder vor Lachen bersten müssen. Ich kann gar nicht einsehen, wie sich ein Mensch so geschwind verändern kann. All seine Sitten und sein jetziges Betragen sind himmelweit von seiner vorigen Aufführung verschieden. Er ist bei seinem Stolze auch ein Stutzer, und alle seine Kleider, schön sie auch sind, sind von einem so närrischen gout, der ihn auf der ganzen Akademie auszeichnet..."

Spätestens im Jahr 1774 hatte Goethe eine völlig neue Beziehung zu seinen Klamotten. Dieses war auch notwendig, um bei Lilli Schönemann, seiner zukünftigen Verlobten, anzukommen. So wird zu dieser Zeit, als er der schönen Lilli den Hof machte, von Goethe gesagt, daß er sehr sorgfältig seine Kleidung auswählte. In einem Brief aus dem Februar 1775 an Gustchen Stolberg beschreibt er sich selbst so: „Aber nun gibt's noch einen: Den im grauen Biberfrack, mit dem braunseidenen Halstuch und Stiefeln, ..."

Aber auch eine gewisse Eigenwilligkeit in Bekleidungsfragen muß man Goethe nachsagen. Auf Tanzveranstaltungen, wenn alle Menschen sich in feierlichen Kleidern sehen ließen, sah man ihn „im größten Negligee, und ebenso im Gegenteil." (Kraus an Bertuch, 1775)

Goethe brauchte viele Jahre, bevor er in Sachen Mode einen großen Coup landete. Dieser hängt mit dem Verfassen des Briefromans „Die Leiden des jungen Werther" zusammen, der 1774 erschien. In kürzester Zeit erstürmte dieses Buch sämtliche Bestsellerlisten und führte zu einer wahren Werther-Epidemie. Wenn heute Top-Bücher oder Filme oder Clips auf T-Shirts, Kaffeebechern, Postern, Bettwäsche oder Einkaufstüten vermarktet werden, so zeigten sich diese Vermarktungstendenzen bereits bei der Herausgabe des Werther: Lotte und Werther wurden beispielsweise auf Porzellan gemalt, es gab eine Reihe von Werther-Selbstmorden, Werther-Karikaturen überschwemmten den Markt, ein Schlager mit dem Titel

"Ausgelitten, ausgerungen" wurde als musikalischer Schmachtlappen zum Gassenhauer, ein Werther-Fächer wurde angeboten, ein Parfum „Eau de Werther" kreiert und Vignetten für Teetassen entwickelt und, was in unserem Zusammenhang von Bedeutung ist, Goethe löste im 18. Jahrhundert eine Modewelle aus, die vielleicht nur mit der Ausbreitung der Jeans in Deutschland in den 1970er Jahren verglichen werden kann. Zum Leidwesen von Eltern und den etablierten Konservativen breitete sich die sogenannte Werther-Mode aus: Herren bevorzugten kleidungsmäßig gelbe Westen und blaue Fräcke nach dem Titelhelden des Briefromans.

„Werther-Fieber zog durchs Land; in Werthertracht ließ sich sehen, wer up to date sein wollte: ‚blauer, einfacher Frack', ‚gelbe Weste und Beinkleider dazu' (6.9.1772), und für die Damen ‚ein simples weißes Kleid, mit blaßroten Schleifen an Arm und Brust' (16.6.1771). Das hielt jahrelang an. Noch in Bertuchs Weimarer ‚Journal des Luxus und der Moden' vom Januar 1787 wurde Lottes Kleid als Anregung vorgeführt."[2)]

Als Goethe im Jahr 1775 mit den beiden Brüdern von Stolberg, Christian und Fritz, sowie dem befreundeten schlesischen Freiherrn Kurt von Haugwitz eine Reise in die Schweiz antrat, hatten sich die vier zuvor Kleidung anfertigen lassen, die durch den Werther berühmt geworden war: blauer Frack mit gelben Knöpfen, ledergelbe Weste und Hose, Stiefel mit braunen Stulpen und grauer und runder Hut. Wie die Schweizer auf diese recht eigenwillige Einkleidung reagiert haben, ist nicht bekannt.

Das Jahr 1775 war für Goethe im Hinblick auf sein Äußeres ein teures Jahr. Denn die Annäherung an Lilli Schönemann brachte mit sich, daß er an dem gesellschaftlichen Leben der Frankfurter „High Society" teilnahm und zahlreiche Verpflichtungen hatte. Lilli war Goethe nicht nur lieb, sondern auch besonders teuer. Neben dem Aufwand für Lilli an Geschenken, Blumen und Konfekt gab es erhebliche Ausgaben für Goethes „Outfit": hohe Summen ließ er beim Perücken- und Degenmacher, er gab viel Geld für Handschuhe sowie für silberne Schnallen für seine Schuhe aus.

Als im Jahr 1775 Goethe nach Weimar kam, trug er - natürlich die mittlerweile bekannte Werther-Kluft, blauer Frack, gelbe Hose, halbhohe Stiefel. Die Folge davon war, daß sich in kürzester Zeit fast alles in Weimar werthermäßig kleidete. Das Jeansblau des späten 20. Jahrhunderts hat seinen Vorläufer in der blau-gelben Kluft der Werther-Uniform, für die sich besonders junge Herren um die 20 begeistern konnten und bei dessen Anblick so manche junge Dame entzückt dahinschmolz.

„Selbst die durch seinen Werther berühmt gewordene Tracht nach der leichten englischen Mode, blauer Frack mit Messingknöpfen, gelbe Weste, Lederbeinkleidung und Stulpenstiefeln, in der er aller Etikette zum Trotz bei Hofe erschien, ward nicht nur verziehen, sondern Gegenstand der Bewunderung, so daß sie nach des Herzogs Vorgange am Hofe allgemeine Nachahmung fand."[3)]

In seinen späteren Jahren war Goethe nicht mehr ganz so eitel, was seine Kleidung anbetrifft. Bancroft schrieb in seinem

Tagebuch über seine Begegnung mit dem Dichter: „Ich fand ihn ganz déshabillé. Er hatte einen Oberrock an, aber keine Weste, ein zerknittertes Hemde, das nicht ganz rein war, und seine Halsbinde war wie das Hemde schon sehr gedunkelt. Seine Stiefel waren von gewöhnlicher Form; kein Dandy würde sie anziehen." (12.10.1819)

Weltzien, der Goethe im Oktober des Jahres 1820 in Jena besuchte, hatte von dem 72jährigen Dichter einen anderen Eindruck. Er schrieb in einem Brief an Seidlitz: „Obgleich es noch früh war und Goethe vormittags nie ausgehen soll, so fand ich ihn doch ganz in Gala in seinem Zimmer allein auf und nieder gehn. Er hatte einen schwarzen feinen Frack an, worauf der große Stern der Ehrenlegien prangte, schwarze Pantalons nebst Stiefeln, eine weiße Weste und sehr feine Manschetten, so daß ich noch immer nicht begreifen kann, wie ein Mann in seinem Alter sich zu Hause solchen Zwang antut."

Lehrer an einer Schule des schönen Geschlechts

Goethes Idee, Studienrat an einem Mädchengymnasium zu werden

Johann Wolfgang von Goethe bewies in seinem Leben immer wieder eine große Flexibilität und Vielseitigkeit in seinem beruflichen Engagement. So ist er sicherlich von seinem literarischen Schaffen her zunächst als Schriftsteller, Dichter zu bezeichnen. Jedoch zeigte er besonders in Weimar, als er in die Dienste des Herzogs Karl August trat, daß er beruflich ein „Hans Dampf in allen Gassen" war. So war er in Weimar als Jurist Mitglied des Geheimen Rates, Minister für Kriegs- und Wegebau, Bergbauminister, hatte die Finanzverwaltung des Herzogtums unter sich, war Leiter des Hoftheaters und der Bibliothek, betrieb naturwissenschaftliche Studien (z.B. Farbenlehre), entdeckte bei seinen anatomischen Studien den Zwischenkieferknochen und schrieb „nebenbei" sozusagen die Iphigenie, den Egmont, den Tasso, den Faust und und und ...

Einer seiner ernsthaftesten frühen Berufswünsche bestand jedoch darin, Maler zu werden. Bei zahlreichen Zeichenlehrern nahm er Unterricht, mußte jedoch seinen Plan aufgeben, da er nach seiner eigenen Auffassung nicht begabt genug war.

Ein Berufswunsch von Goethe hingegen ist weniger geläufig, zumal dieser auch nicht ganz ernsthaft aufzufassen ist. Denn Goethes Zuneigung zu „schönen Mädchen" in seiner

Leipziger Zeit als junger Student ließ bei ihm kurz den Gedanken aufblitzen, Lehrer an einer Mädchenschule zu werden. So schrieb er als 16jähriger Student einen Brief an seine Schwester Cornelia nach Frankfurt: „Glaube mir, meine Liebe, daß ich Euch sehr im Herzen trage. Die Mädchen sind so schöne Geschöpfe, daß ich es nicht mit ansehen kann, wenn eines verdorben wird. Ich möchte sie deshalb alle gut machen. Man bemüht sich jetzt so viel um die Verbesserung der Schulen: warum denkt man nicht auch an den Unterricht der Mädchen? Wie denkst Du darüber? Ich habe den Einfall gehabt, Lehrer an einer Schule des schönen Geschlechtes zu werden, wenn ich in mein Vaterland zurückkehre. Das wäre so übel nicht, wie vielleicht Jemand meint; jedenfalls wäre ich meinem Vaterlande nützlicher, wie wenn ich den Advokaten mache. Nur dürfte man in meine Schule nicht so schöne Mädchen bringen, wie meine liebe Runkel eins ist; sonst stünde ich in Gefahr, den ‚Amor als Lehrer' zu spielen."

Einer der größten Fehler der Damen ist, daß sie viel reden, ohne viel zu wissen

Goethe und die sächsischen Mädchen

Im Jahr 1765 ging Johann Wolfgang von Goethe im Alter von 16 Jahren von Frankfurt nach Leipzig, um dort sein Jurastudium an der Universität aufzunehmen.

Einen besonderen Eindruck auf ihn machten dort die Mädchen. So schreibt W. Bode über Goethes erste Eindrücke in Leipzig: „Er sah in der neuen Stadt eine neue Menge junger Mädchen und Weibchen: viele recht hübsch, mit größter Sorgfalt ausgeputzt. Aber wenn sie den Mund auftaten! Oder wenn sie dastanden und nichts zu sagen wußten! Eben dies läßt die weibliche Eitelkeit und Koketterie so lächerlich erscheinen, daß sie an Nichtigkeiten hängen bleibt und das, worauf es ankommt, verfehlt. Wolfgang machte beständig seine Glossen, wenn er diese Leipziger Mädchen auf der Promenade an sich vorüberziehen oder im Theater oder im ‚Großen Konzert' auf den Stuhlreihen vor sich sitzen sah: frisiert, bebändert, geschmückt, im lebhaftesten Gezwitscher und Geschnatter. Die Kleider waren schön und reich, aber nicht jede wußte sie zu tragen; die schlechte Haltung verdarb oft genug den ganzen Aufputz. Und wo von außen alles in Ordnung war, da blieb das Ungeschick oder die Leere im Gespräch, und bei näherem Zusehen der grobe Mangel an Bildung des Geistes."[4)]

In einem Brief an seine Schwester Cornelia vom 30. März 1766 wird deutlich, wie die Leipziger Damenwelt auf den jungen Studenten wirkte. Goethe schrieb: „Ah, meine Schwester, was für Geschöpfe sind diese sächsischen Mädchen! Ein Teil ist ganz närrisch, der größte Teil nicht sehr gescheut, und alle sind sie Koketten! Vielleicht tue ich einigen Unrecht, aber im allgemeinen trifft meine Regel zu. Ausnahmen? Danach müßte man wie ein Diogenes suchen. Einer der größten Fehler der Damen ist es, daß sie zu viel reden, ohne viel zu wissen ... Ihr gebt euch entsetzliche Mühe mit eurem Äußeren, und dadurch werdet ihr allemal nicht schöner. Das Übertriebene an der Haltung und an den Bewegungen, wie am Schmuck des Körpers verdienen um so weniger die Billigung des guten Geschmacks, je mehr sie sich von der natürlichen Weise, sich zu kleiden und sich zu halten, entfernen. Aber ich wollte ihnen gern alle diese Fehler durchgehen lassen, würden sie nicht durch die größte und verächtlichste Torheit gekrönt, die man bei einer Frau finden kann, nämlich durch die Koketterie! Dieser Wunsch, zu gefallen, durch Mittel zu gefallen, die einer Dame von Geist und Ehre unwürdig sind, ist hier gar sehr Mode. Man könnte sich fast in Paris glauben."

Ein hartes Urteil über die Leipziger Damenwelt!

Diese Äußerungen Goethes an seine Schwester erscheinen für einen 17jährigen jungen Mann äußerst reif und erfahren. Reizt denn nicht gerade in diesem jugendlichen Alter eher ein ansprechendes Äußeres als tiefsinnige Gespräche und Gescheitheit? So ganz kann man Goethe jedoch seine Verachtung der äußeren Schönheit von Frauen nicht abnehmen. Er selbst hat sich doch oft zu besonders schönen Frauen hingezogen gefühlt: Fréderike Brion, die reizende Lilli Schönemann, die schöne Corona Schröter. Wenngleich man zum Thema „Goethe und schöne Frauen" bemerken muß, daß Goethes Liebe zu diesen Frauen nie erfüllt wurde oder überhaupt Beziehungen nicht zustande kamen, weil er vor solchen „Überfrauen" angeblich unglaublichen Respekt entwickelte.

In seinen späteren Lebensjahren äußerte sich Goethe interessanterweise über die „Frauenzimmer" ganz anders: „Wir lieben an einem jungen Frauenzimmer ganz andere Dinge als den Verstand. Wir lieben an ihr das Schöne, das Jugendliche, das Neckische, das Zutrauliche, den Charakter, ihre Fehler, ihre Capricen, ...aber wir lieben nicht ihren Verstand" (Goethe an Eckermann 2.1.1824).

Gasthaus zum

Ein Frauenzimmer, wohlgewachsen

Goethes erste große Liebe

Als Johann Wolfgang von Goethe bereits als Student ein halbes Jahr in Leipzig weilte, ergab sich eine einschneidende Veränderung, die zunächst ganz harmlos anmutete. Er nahm nämlich seinen Mittags- und Abendtisch bei dem Gastwirt Schönkopf ein, doch dort gab es die Tochter Käthe, in die sich Wolfgang „unsterblich" verliebte. In einem Brief, der von einem Freund, Horn, an einen Göttinger Freund geschickt wurde, wurde Goethes erste große Liebe folgendermaßen beschrieben: „Er liebt, es ist wahr; er hat es mir bekannt und wird es auch Dir bekennen; allein seine Liebe, ob sie gleich immer traurig ist, ist dennoch nicht strafbar, wie ich es sonst geglaubt. Er liebt. Allein nicht jenes Fräulein, mit der ich ihn in Verdacht hatte; er liebt ein Mädchen, das unter seinem Stand ist, aber ein Mädchen, das ... Du selber lieben würdest, wenn Du es sähest ... Denke Dir ein Frauenzimmer, wohlgewachsen, obgleich nicht sehr groß, ein rundes, freundliches, obgleich nicht außerordentlich schönes Gesicht - eine offene, sanfte, einnehmende Miene - viele Freimütigkeit ohne Koketterie - einen sehr artigen Verstand, ohne die größte Erziehung gehabt zu haben. Er liebt sie sehr zärtlich, mit den vollkommen redlichen Absichten eines tugendhaften Menschen, ob er gleich weiß, daß sie nie seine Frau werden kann ... Er ist mehr Philosoph und mehr Moralist als jemals, und so unschuldig seine Liebe ist, so mißbilligt er sie dennoch ... Ich bedaure ihn und sein gutes Herz, das wirklich in einem sehr mißlichen Zustande sich befinden muß, da er das tugendhafteste und vollkommenste Mädchen ohne Hoffnung liebt. Und wenn wir annehmen, daß sie ihn wieder liebt, wie elend muß er erst da sein."

Goethe selbst schrieb in einem Brief an seinen Freund folgendes über Käthchen Schönkopf: „Ich liebe ein Mädchen ohne Stand und ohne Vermögen, und jetzo fühle ich zum allerersten Male das Glück, das eine wahre Liebe macht. Ich habe die Gewogenheit meines Mädchens nicht denen kleinen elenden Trakasserien der Liebhaber zu danken; nur durch mein Herz habe ich sie erlangt. Ich brauche keine Geschenke, um sie zu erhalten, und ich sehe mit einem verachtenden Aug' auf die Bemühungen herunter, durch die ich ehemals die Gunstbezeugungen einer W. erkaufte. Das fürtreffliche Herz meiner S. ist mir Bürge, daß sie mich nie verlassen wird als dann, wenn es uns Pflicht und Notwendigkeit gebieten werden, uns zu trennen. Solltest Du nur dieses fürtreffliche Mädchen kennen, bester Moors, Du würdest mir diese Torheit verzeihen, die ich begehe, indem ich sie liebe. Ja, sie ist des größten Glückes wert, das ich ihr wünsche, ohne jemals hoffen zu können, etwas dazu beizutragen."

Im April des Jahres 1766 gestand Goethe Käthchen Schönkopf, daß er sie liebe. Wie sie Goethes Gefühle aufnahm, wird sehr plastisch von W. Bode beschrieben. „Sie ließ sich die Neuigkeit gefallen und nahm sie nicht allzu ernst. Das hatten ihr Andere auch schon gesagt. Der Herr Goethe war aus reichem Hause und überdies drei Jahre jünger als sie; an Heirat war also nicht zu denken. Aber er war unterhaltend, belehrend, belustigend; sein Bemühen um ihre Gunst schmeichelte ihr und rührte sie. Und es war ein Vergnügen, vor den Augen der Eltern und der Gäste des Herrn Goethe ganz wie jeden andern guten Bekannten zu behandeln und ihm zwischendurch die Hand zu drücken, ein Liebeswort zu flüstern, ihm an der Tür zu winken, daß er auf den Gang komme, ihm das Mäulchen zu einem raschen Kusse hinzuhalten. Und es reizte sie auch das Wagnis, ihm durch Peterchen, ihren zehnjährigen Bruder, in seine Wohnung bei der alten Witwe Straube Zettel zu schicken, wenn sie Aussicht hatte, allein im Hause zu sein. Die Eltern hatten kein Arg; sie durften sich auf ihre wohlgeratene Tochter verlassen und mißtrauten auch dem jungen Hausfreunde nicht."[5)]

Seiner Schwester Cornelia gegenüber verschwieg Goethe seine Freundin zunächst. Erst in einem Brief vom 11. Mai 1767 schrieb er ihr: „Das ist ein sehr gutes Mädchen, bei der die Rechtschaffenheit des Herzens mit einer angenehmen Naivität verbunden ist; ihre Erziehung ist freilich mehr streng als gut gewesen. Sie ist meine Haushälterin, wenn es sich um meine Wäsche und meinen Anzug handelt; sie versteht das sehr gut, und es macht ihr Vergnügen, mir mit ihren Kenntnissen beizustehen, und ich bin ihr dafür recht gut. Nicht wahr, Schwester, ich bin wohl drollig: ich liebe alle diese Mädchen! Wer könnte es auch lassen, wenn sie gut sind? Denn was die Schönheit angeht, dadurch faßt sie mich nicht. Alle meine Bekanntschaften sind mehr gut als schön."

Die Familie in der Komödie

Sturmfreie Bude bei Käthe

Kaum ein Ereignis innerhalb des Familienlebens hat auf Jugendliche eine solche faszinierende Wirkung wie die sogenannte „Sturmfreie Bude". Endlich einmal tun und lassen, was man möchte, endlich einmal man selbst sein.

Während seiner Leipziger Studentenzeit konnte auch Goethe in den Genuß einer sturmfreien Bude bei seiner Freundin Käthe kommen. Die Eltern waren in die Komödie gegangen, und dadurch entstanden für sie und Johann Wolfgang ungeahnte Perspektiven. Über dieses Ereignis schrieb Goethe an Behrisch einen Brief mit folgendem Wortlaut:

„Ich ging von Dir geraden Wegs zu meiner Stube, und zu meiner Überraschung fand ich dort durch unsere heimliche Post eine Nachricht: ich solle so rasch wie möglich zu ihr kommen. Ich flog hin und fand sie allein; die ganze Familie war, angezogen durch das neue Stück, in die Komödie gegangen. Gerechter Himmel, was für ein Vergnügen, vier Stunden lang mit seinem Liebchen sich allein zu wissen. Die Stunden vergingen, ohne daß einer von uns beiden es bemerkte.

Ich erfuhr, daß ihre Mutter mir verziehen habe und daß die gute Frau, endlich übermüde der beständigen Aufmerksamkeiten, die der andere ihrer Tochter erwies, ihre Laune gegen ihn wandte.

Wie mich diese Stunden glücklich gemacht haben!"

Während dieser Brief mehr den „formalen Rahmen" der „sturmfreien Bude" verdeutlicht, gibt ein weiterer Brief, den Goethe an Behrisch im November des Jahres 1767 schrieb, Auskunft über das, was Goethe in seinem Rausch des Verliebtseins zu Käthchen Schönkopf erlebte.

„Die schöne Scham, die sie ohngeachtet unserer Vertraulichkeit so oft ergreift, daß die mächtige Liebe sie wider das Geheiß der Vernunft in meine Arme wirft! Die Augen, die sich zudrücken, so oft sich ihr Mund auf den meinigen drückt! Das süße Lächeln in den kleinen Pausen unserer Liebkosungen! Die Röte, die Scham, Liebe, Wollust, Furcht auf die Wangen treiben! Dies zitternde Bemühen, sich aus meinen Armen zu winden, das mir doch seine Schwäche zeigt, daß Nichts als Furcht sie je herausreißen würde! Behrisch. Das ist eine Seligkeit, um die man gern ein Fegfeuer aussteht!"

Die Äpfel des Nebenbuhlers schmeckten ausgezeichnet

Liebesgabe wurde weitergereicht

Goethes erste große Liebe, Käthchen Schönkopf, löste bei dem jungen Studenten Wechselbäder der Gefühle aus. Mal war er zu Tode betrübt vor Eifersucht, mal himmelhoch jauchzend. Dieses Gefühl überkam ihn, wenn einer der zahlreichen Nebenbuhler versuchte, Johann Wolfgang bei Käthe auszustechen. Von einem vergeblichen Versuch, der obendrein Goethe noch erheblich amüsiert zu haben schien, berichtet Goethe selbst:

„Sie ist ausgegangen,(...) sie ist zur Komödie gegangen, mit ihrer Mutter und ihrem vermeintlichen Zukünftigen, der ihr durch hundert Vergnügungen zu gefallen sucht. Es ist eine sehr angenehme Sache und der Beobachtung des Kenners wert, zu sehen, wie ein Mensch sich anstrengt, um zu gefallen, wie er erfinderisch, aufmerksam und immer auf den Beinen ist, ohne doch die geringste Frucht zu erlangen. Er würde für jeden Kuß zwei Louisdor den Armen spenden und bekommt doch keinen! Und nachher mich zu sehen, unbeweglich in einer Ecke sitzend, ohne im geringsten den Gedanken zu spielen, ohne eine einzige Schmeichelei zu sagen, so daß mich der Andere für einen Dummkopf hält, dem alle Lebensart abgeht: und nachher empfängt dieser Dummkopf Gaben, für die der Andere eine Reise nach Rom unternähme!

Ich wollte eigentlich auch weggehen, als sie ging; aber, um

mich dazubehalten, gab sie mir den Schlüssel ihres Pults mit Vollmacht, zu tun und zu schreiben, was ich wolle. Sie sagte mir beim Fortgehn: ‚Bleib nur da, bis ich wiederkomme! Du hast ja immer was Närrisches im Kopfe, Verse oder Prosa; bring's auf's Papier, wie es dir Spaß macht. Ich werde dem Vater schon was erzählen, warum du oben bleibst, und merkt er was, na, so merkt er was!' Sie gab mir auch zwei schöne Äpfel, die ihr zuvor mein Nebenbuhler gebracht hatte, und ich aß sie: ausgezeichnet schmeckten sie!"

Merseburger Bier und Leipziger Kaffee

Goethe ruiniert sich gesundheitlich in Sachsen

Immer wieder ist darüber diskutiert worden, wo die Ursachen für Goethes "Krankengeschichten" in seiner Leipziger Zeit zu finden sind, denn die Krankheiten in seinen frühen Jahren waren doch recht undurchsichtig.

Auf der Reise von Frankfurt nach Leipzig ging es bereits los. Bei dem Versuch, im wahrsten Sinne des Wortes seinen Wagen aus dem Dreck zu ziehen, zog er sich auf der Hinreise eine Zerrung zu. Auch der Sturz vom Pferd bei einem Spazierritt ist durchaus noch als Ursache für eine Verletzung nachzuvollziehen.

Goethe selbst jedoch führt zahlreiche Ursachen für seine Krankheiten an. So habe ihm das schwere Merseburger Bier, das eigentlich kaum Alkohol enthielt, das Gehirn verdüstert, der Leipziger Kaffee, der nicht gerade als stark bezeichnet werden kann, soll ihm die Eingeweide paralysiert haben. Zur Ruinierung von Goethes Gesundheit soll ferner kaltes Baden und ein zu hartes Lager beigetragen haben.

Die Goethe-Biographen sind in der Beschreibung der Goethe'schen Krankheiten während seiner Leipziger Zeit weniger zimperlich. So wird von bloßer Hysterie, aber auch von Syphilis gesprochen.

Dabei sollte man Liebeskummer als Diagnose während der Leipziger Zeit bei Goethe nicht unterbewerten.

So hatte er sich als 18jähriger Student unsterblich in Käthchen Schönkopf verliebt. Bei den Schönköpfs, die Zimmer zur Miete vergaben und auch Verköstigung anboten, verkehrte Goethe sehr häufig zum Mittag- und Abendessen. Die Tatsache, daß Käthchen, auf die Goethe ein Auge geworfen hatte, zu jedem Gast gleich freundlich war, veranlaßte Goethe zu fast unglaublichen Eifersüchteleien: hinter jedem Mieter wähnte er einen Nebenbuhler und Konkurrenten. Er muß sich in eine krankhafte Eifersucht hineingesteigert haben, obwohl dies doch gar nicht notwendig gewesen wäre, wie folgender Auszug aus einem Brief an seinen Freund Behrisch im Oktober 1767 zeigt: „Sie hat mich unter den heftigsten Liebkosungen gebeten, sie nicht mit Eifersucht zu plagen, sie hat mir geschworen, immer mein zu sein."

Daß eine trotzdem so stark empfundene Eifersucht keinen Schaden für Goethes Gesundheit mitgebracht hätte, ist kaum vorstellbar. Seine Verdächtigungen, Käthchen liebe einen anderen, waren zwar de facto grundlos, steigerten sich jedoch durch seine starke Einbildungskraft ins Unermeßliche: „. . . Das ist's, was mich rasend macht! Ich bin närrisch, denkst Du? ... Sollte sie nicht eben Das tun, ihren Liebhaber zu betrügen, was sie getan hat, ihre Mutter zu hintergehen? Es ist ein Argwohn, der bei mir einen hohen Grad von Gewißheit hat. ... Verliebte Augen sehen schärfer als die Augen des Herrn, aber oft zu scharf. Rate mir im Ganzen und tröste mich wegen des Letzten! Nur spotte mich nicht, wenn ich's auch verdient hätte!"

Besonders schlimm für Goethe war der Einzug des Studenten Peter Friedrich Ryden aus Reval in das Haus der Schönkopfs. Sofort wähnte Goethe in ihm einen Konkurrenten, deutete jede auch noch so kleine Verhaltensänderung Käthchens als Zeichen dafür, daß sie Ryden liebe. Übertriebene Verdächtigungen, wie sie nur eifersüchtige Liebende hegen.

Daß Eifersucht seltsame Blüten wachsen läßt, ist ja wohl bekannt. So soll Goethe, als er selbst einmal krank im Bett lag und erfahren hatte, daß Käthchen im Theater sei, sich ungeheuerlich eben darüber aufgeregt haben: Er selbst krank und sie in der Komödie! Womöglich mit dem Konkurrenten! Das konnte ihm einfach keine Ruhe lassen. Er selbst wollte mit eigenen Augen von der Galerie aus sehen, was dort unten in der Loge geschah; Wahn, Rage und Enttäuschung zeigt der Brief an Behrisch:

„Ich fand ihre Loge. Sie saß an der Ecke, neben ihr ein kleines Mädchen. Gott weiß wer, dann Peter, dann die Mutter. -Nun aber! Hinter ihrem Stuhl Hr. Ryden, in einer sehr zärtlichen Stellung! Ha! Denke mich! Denke mich! auf der Galerie! mit einem Fernglas - Das sehend! Verflucht! Oh Behrisch, ich dachte, mein Kopf spränge mir für Wut. Man spielte ‚Miß Sara'. Die Schulzen machte die Miß, aber ich konnte nicht sehen, nichts hören; meine Augen waren in der Loge, und mein Herz tanzte. Er lehnte sich bald hervor, daß das kleine Mädchen, das neben ihr saß, nichts sehen konnte. Bald trat er zurück, bald lehnte er sich über den Stuhl und sagte ihr was; ich knirschte die Zähne und sah zu. Es kamen mir Tränen in die Augen."

Wie muß Goethe gelitten haben, wie muß er sie geliebt haben: „Aber ich liebe sie! Ich glaube, ich tränke Gift von ihrer Hand ... Besser, ich lasse hier meine Wut aus, als daß ich mich mit dem Kopf wider die Wand renne" (Brief an Behrisch).

Eben solche Eskalationen der Gefühle und vehemente Eifersuchts-Anfälle verbesserten sicherlich Goethes schon angeschlagene Konstitution nicht. Aber gäbe es einen „Werther", wenn es nicht auch den an der Liebe leidenden Menschen Goethe gegeben hätte?

„Mit Gläsern, Büchsen rings umstellt. Mit Instrumenten vollgepfropft"

Goethe entdeckt die Alchimie

Die wunderschönen Passagen im Faust, in denen dieser sich der Alchimie hingibt, wären nicht entstanden ohne den Umstand, daß Goethe in jungen Jahren häufig krank war.

Schon Goethes Leipziger Jahre waren geprägt von einer äußerst ungesunden Lebensweise und von leichtsinnigem Umhertreiben. Insbesondere Goethes Neigung zum Bier (sein Lieblingsgetränk soll das Merseburger Bitterbier gewesen sein) und der zu starke Kaffee führten zu einem angeschlagenen Gesundheitszustand.

Aus Leipzig nach Frankfurt zurückgekehrt, war Goethe wieder einmal krank. Der Magen machte ihm zu schaffen, und kein Arzt in Frankfurt schien in der Lage, ihm zu helfen. Schließlich suchte man Rat bei dem Hausarzt, dem man aber eigentlich wegen seines Glaubens an die Wunder der Alchimie Goethe und dessen Magen nicht anvertrauen wollte - unkonventionelle und geheimnisvolle Methoden, die nicht der Lehrbuchmedizin entsprachen, galten auch schon damals als suspekt. Da Goethes Familie um seinen Gesundheitszustand in größter Sorge war, rief man diesen Arzt in das Haus am Hirschgraben. Man wußte, daß dieser so manche geheimen Mittelchen zu Heilungen vielfältiger Art besaß, und bat ihn, Goethe eben mit einem dieser Geheimmedikamente zu heilen. Heutzutage würde die pharmazeutische Industrie wohl eine Menge Geld für diese geheimnisvolle Rezeptur geben. Denn wirklich - Goethe nahm das Wundermittel ein und wurde schnell gesund.

Dieses Ereignis beeindruckte Goethe selbst so sehr, daß er fasziniert alchimistische Studien begann: Zuerst versah er sein Dachgeschoßzimmer mit einer Chemielaborgrundausstattung. Dann besorgte er Chemikalien aller Art, Schalen und Gläser, weiteres chemisches Gerät wie Brenner, Mörser, Zangen, Glasröhrchen, Fläschchen usw., die so manchem Hobbychemiker heute trotz Chemiegrundbaukastens vor Neid erblassen lassen würden. Nächtelang las er die Anweisungen des Theophrastus Paracelsus, aber auch die anderer Alchimisten, um in die Geheimnisse dieses Mysteriums einzudringen.

Ob es bei seinen vielfältigen Experimenten ab und zu gekracht, gebrannt, geraucht und gestunken hat, ist nicht überliefert. Wichtig jedoch ist, daß diese Neigung Goethes ihn auch für die Naturwissenschaften öffnete und uns im Faust bei der Beschreibung von dessen engem Zimmer erhalten ist.

„Mit Gläsern, Büchsen rings umstellt,
Mit Instrumenten vollgepfropft,
Urväter-Hausrat drein gestopft -
Das ist deine Welt! Das heißt eine Welt!"
(Faust, 406-409).[6)]

Wenn zwei Schwestern denselben wollen...

Goethe in der Klemme zwischen Liebe und Buhlerei

Wie heute eine nicht zu unterschätzende Freizeitbeschäftigung Jugendlicher darin besteht, sich am Wochenende auf den Weg in die Diskothek zu machen, so galt es auch zu Goethes Zeit als in und chic, Tanzveranstaltungen zu besuchen.

Und getanzt wurde viel: in Straßburg - Goethe war 1770 zur Fortsetzung seiner Studien dorthingezogen - gab es unzählige Orte, an denen die Elsässer, die übrigens als lebenslustige und fröhliche Menschen galten, gesellig zusammenkamen, um zu reden, spaßen, trinken und natürlich auch zu tanzen.

Wer nicht tanzen konnte, war out und nicht gefragt. Goethe war zwar von seinem Vater ein wenig in die Tanzkunst eingeführt worden, hatte es aber nicht wieder getan, seit er sich einmal total blamiert und man ihm unterstellt hatte, er habe mit Absicht so schlecht getanzt, damit er nicht mehr aufgefordert würde.

Aber eitel, wie Goethe war, und darauf aus, in die feinere Gesellschaft Straßburgs eingeführt zu werden und dort zu glänzen, entschloß er sich, Tanzstunden zu nehmen. Die Stunden fanden im Hause des Tanzlehrers statt, der den Vorteil hatte, daß er Vater von zwei Töchtern (Lucinde und Emilie) war, die als Übungspartnerinnen für Goethe fungieren konnten; nachteilig jedoch war, daß sich Lucinde, die ältere der beiden noch unter zwanzigjährigen Französinnen, heftig in Goethe verliebte, dieser sich jedoch Emilie weitaus stärker zugetan fühlte.

Während Emilie leider äußerst zurückhaltend Goethe gegenüber blieb, nutzte Lucinde die Tanzstunden nur zu gerne, ihrem Verehrten verliebte Aufmerksamkeit zu schenken. Goethe aber konnte ihre Sympathie nicht erwidern.

Emilie ließ sich häufig an den Abenden, an denen Goethe bei ihnen weilte, die Karten legen, um Auskunft über ihre Liebesangelegenheiten zu erhalten. Auf Anraten Goethes ließ sich leider auch Lucinde in seiner Anwesenheit ihr Schicksal verkünden, doch es ergab nur Negatives: kein Mann, keine erfüllte Liebe, kein Glück. Entsetzt über die Erkenntnis, daß Goethe ihr immer fern bleiben würde, legte sie sich ins Bett und wollte sterben.

Tage später bat Emilie Goethe zu sich, um ihm mitzuteilen, daß er sie nicht mehr besuchen solle. Sie habe an dem letzten verhängnisvollen Abend auch für Goethe die Karten legen lassen und ihn zwischen zwei Frauen stehen gesehen, die wohl sie selbst und ihre Schwester gewesen sein müssen. Diese vorhergesagte unglückliche Situation wolle sie durch Trennung vermeiden.

Gerade als sie ihn zum Abschied zärtlich küßte, stürmte die liebestolle Lucinde ins Zimmer. Auch sie wolle von ihm Abschied nehmen! Sie umarmte ihn fest, und „... so fand er sich in der Klemme zwischen beiden Schwestern, wie Emilie es ihm vorausgesagt hatte, zwischen hingebungsvoller Liebe und koketter Buhlerei"[7]

Aber nicht genug damit. Lucinde begann, ihre Schwester zu beschimpfen und ihr Vorwürfe zu machen, daß sie ihr, nicht zum ersten Mal, den Mann ausspanne. Ein heftiger Streit entbrannte, bis Emilie Goethe mit Zeichen zu verstehen gab, daß er gehen solle.

Die Dramatik spitzte sich jedoch weiter zu. Lucinde, haßerfüllt auf ihre Schwester und Goethe, gönnte denen die Liebe nicht, umarmte Goethe, der gar nicht mehr wußte, wie ihm geschah, und wohl nichts sehnlicher wünschte, als seine Rettung, küßte ihn mehrfach auf den Mund: „Nun...fürchte meine Verwünschung! Unglück über Unglück für immer und immer auf diejenige, die zum erstenmale nach mir diese Lippen küßt! ... Sie, mein Herr, eilen Sie nun, eilen Sie, was Sie können!"[8]. Fluchtartig verließ Goethe das Haus, froh, mit dem Leben davongekommen zu sein.

Welche Dame als erste nach Lucinde Goethes Lippen geküßt hat, und ob und welche Konsequenzen das hatte, kann heute nicht mehr genau gesagt werden.

Fest steht jedenfalls - das Tanzen hat Goethe in Straßburg gelernt.

Wie weit er allerdings mit seinen Tanzschritten gekommen ist, ist nicht überliefert.

Dichten oder malen - das ist hier die Frage

Goethes Wunsch, Maler zu werden

Daß der „Werther" und die „Iphigenie", der „Faust" und „Torquato Tasso" nicht als Gemälde, sondern als literarische Werke entstanden sind, verdanken wir weniger dem Schicksal, das Talent und Minderbegabung verteilt - mehr Goethes Glauben an die Schicksalsbefragung.

Denn eigentlich hatte Goethe immer schon Maler werden wollen.

Bereits auf das Kind Johann Wolfgang übten Maler eine besondere Anziehungskraft aus. Goethe besuchte sie oft in ihren Ateliers, hörte den Erklärungen zu ihren Bildern mit größter Aufmerksamkeit und Geduld zu und genoß beim Betrachten die Ästhetik der Gemälde. Es gab kaum eine Auktion, an der Goethe nicht teilnahm, wenn Bilder versteigert wurden; häufig besuchte er Galerien.

So entwickelte er sich langsam zum Kenner von Motiven, Stoffen und Gestalten der Darstellungen.

Aber trotzdem - mit seinem eigenen Talent wollte es zunächst nicht so recht gelingen. So urteilt Lewe: „Thatsache war es, daß er kein Talent zum Malen besaß, daß ihm für derartige künstlerische Darstellung im eigentlichen Wortsinne die Befähigung abging, und jahrelange, von dem Unterrichte und dem Rate der besten Lehrer unterstützte Anstrengungen nicht imstande waren, ihm eine erträgliche Fertigkeit darin zu geben."[9]

Und dennoch blieb die Malerei für Goethe die ersehnte Betätigung, sein Traumjob. War der Wunsch auch lange unterdrückt, so mußte Goethe irgendwann eine Entscheidung fällen. In der malerischen Umgebung von Koblenz überkam ihn 1772 angesichts der Weinberge und romantischer Schlösser wieder einmal die Sehnsucht, Maler zu werden. Da war endlich der Zeitpunkt gekommen, das Schicksal zu befragen und eine Weisung desselben zu erzwingen.

Ein Taschenmesser, das Goethe bei sich trug, sollte über seine künftige Karriere entscheiden. Er warf es in den Fluß und hatte mit sich ausgemacht: „... sähe er es hineinfallen, würde sein künstlerischer Wunsch erfüllt werden, würde aber das Eintauchen des Messers durch die überhängenden Weidenbüsche verdeckt, so solle ihm dies ein Zeichen sein, seine Lieblingsidee aufzugeben".[10]. Und wie es das Schicksal wollte, ging diese Probe zweideutig aus: Goethe konnte zwar nicht sehen, wie das Messer in den Fluß eintauchte, weil Weidenzweige die Stelle bedeckten, „aber das dem Sturz entgegenwirkende Wasser sprang wie eine Fontäne in die Höhe und war ihm vollkommen sichtbar".[11]

Wie in der Antike so manches Orakel nicht die vom Fragenden ersehnte eindeutige Antwort enthielt, so mußte also auch Goethe unbelehrt und im Hinblick auf seinen Traumjob orientierungslos von dannen ziehen.

Und sicherlich ist so manchem Leser des „Faust" oder „Werther" bei dem Gedanken, ein Taschenmesser hätte Goethes Karriere entschieden, nicht ganz wohl. Beruhigender ist, daß Goethe vielleicht erkannt hat, daß er in der Malerei nicht so talentiert war wie in der Dichtkunst. Am wichtigsten ist, daß uns Goethes wahre Talente in der Dichtung erhalten sind.

Darüber hinaus gibt es zahlreiche Bildbeispiele dafür, daß Goethe vor allem als Zeichner sich nicht zu verstecken brauchte.

Hier wohnte
Charlotte von Stein
1777-1827.

Mit einem Schattenriß fing alles an

Goethe und Charlotte von Stein

Die erste Begegnung von Goethe mit Charlotte von Stein geht auf einen Schattenriß zurück. Das Sammeln von Schattenrissen war im 18. Jahrhundert große Mode, ernsthafter betrieben Wissenschaftler das Zusammentragen von Schattenrissen, um physiognomische Studien zu betreiben.

Auf dem Rückweg von seiner Schweizreise 1775 kam Goethe nach Straßburg und traf dort auf den Arzt Johann Georg Zimmermann, der eine Kollektion von Schattenbildern mit sich führte, um diese Lavater zu bringen. Bei der Durchsicht der Bilder fiel Goethe ein Schattenriß ins Auge, der von Charlotte von Stein stammte. Diese hatte Zimmermann zwei Jahre zuvor in Bad Pyrmont kennengelernt, und er stand in einem Briefwechsel mit ihr. Zimmermann machte Goethe auf Charlotte aufmerksam, die von seinem Werther so begeistert sei und die Goethe unbedingt in Weimar besuchen müsse. Goethe war von dem Schattenriß so angetan, daß er darunter schrieb: „Es wäre ein herrliches Schauspiel zu sehen, wie die Welt sich in dieser Seele spiegelt. Sie sieht die Welt, wie sie ist, und doch durch das Medium der Liebe. So ist auch Sanftheit der allgemeine Eindruck."

Zimmermann, der für seine charmanten Übertreibungen bekannt war, hatte nichts Eiligeres zu tun, um Charlotte von Stein von seiner Zusmmenkunft mit Goethe zu berichten. So schrieb er ihr:

„Er wird Sie in Weimar sicherlich bald besuchen. Erinnern Sie sich dann, daß Alles, was ich ihm von Ihnen in Straßburg gesagt habe, ihm drei Tage lang den Schlaf benommen hat."

Wilhelm Bode kommentiert dieses Schreiben folgendermaßen: „Das war wirklich sehr zimmermannisch gesprochen! Wenn er, ‚hundert' sagen wollte, kam allemal ‚tausend' heraus. Es gehörte gerade zu Goethes Vorteilen, daß ihm nie ein Erlebnis den Schlaf raubte, mochte es auch sehr viel wichtiger sein als das Plaudern über eine verheiratete Dame, die er vielleicht kennen lernen würde. Und wollte er wirklich auf seinem nächtlichen Lager ein freundliches Bild sich ausmalen, so war doch wohl die siebzehnjährige Lilli die Nächste dazu."[12)]

Die unwiderstehliche Anziehungskraft der niedlichen Blondine

Goethe entkommt einer Ehe in Frankfurt

Goethe, der in seiner Heimatstadt Frankfurt bereits als Autor des Werther und des Götz eine gewisse Popularität genoß, war im Hinblick auf gesellschaftliche Aktivitäten sehr zurückhaltend. Dieses änderte sich erst, als er von einem Freund zu einer gesellschaftlichen Zusammenkunft zu den Schönemanns mitgenommen wurde, eine der wichtigsten Bankiersfamilien der Stadt. Und, wie das Leben so spielt, kaum hatte er das Haus betreten, hatte er sich bereits unsterblich verliebt.

„Eine hübsche Blondine, sechzehnjährig, sitzt am Flügel, als Goethe eintritt und spielt mit Anmut und Fertigkeit. Goethe stellt sich neben das Instrument und betrachtet sie. Das Mädchen erhebt sich nach beendeter Sonate und begrüßt ihn mit der Leichtigkeit der jungen Weltdame. Ein Quartett hat inzwischen begonnen. Die beiden sehen sich aufmerksam an, und Goethe empfindet noch nach vierzig Jahren, ‚daß ich ganz eigentlich zur Schau stand.'"[13]

Lilli Schönemann, muß man wissen, war nicht irgendein Frankfurter Mädchen, sie war, wenn man so will, die Claudia Schiffer der Mainmetropole: blond, hübsch, attraktiv, sicher im Auftreten. Sie genoß den Glimmer des gesellschaftlichen Lebens, nahm lebhaften Anteil an Schicki-Micki-Aktivitäten wie Festen und Bällen, liebte es, von Verehrern umschwärmt zu werden und die Frankfurter Männerwelt zu umgarnen. Kein Wunder, wenn sich bei den Schönemanns die Kavaliere die Klinke in die Hand drückten. Dabei konnte Madame Schönemann unter vielen Freiern auswählen; Geschäftsfreunde des Hauses empfahlen in den höchsten Tönen ihre Söhne und Neffen, schon etwas ältere ledige Kaufleute kamen selbst, um ihre Qualitäten als Ehemänner anzupreisen und sich anzubieten.

Lilli Schönemann muß einen wahnsinnigen Eindruck auf den jungen Goethe gemacht haben, denn dieser war nach der Begegnung „hin und weg". Lilli konnte gut zeichnen, sang mit lieblicher Stimme, spielte Klavier zur allgemeinen Bewunderung, Goethe war beeindruckt von ihrer Weltoffenheit und ihren souveränen gesellschaftlichen Umgangsformen, auf dem Parkett konnte sie sich exzellent bewegen, und sie war bildhübsch, konnte als Covergirl fast einem Life-Style-Magazin entsprungen sein oder Werbung für Chanel N° 5 machen.

Die Zeit zwischen Weihnachten 1774 und Fastnacht 1775 war in Frankfurt die Zeit der gesellschaftlichen Feste wie z.B. Bälle, Maskenbälle, aber auch Theaterveranstaltungen und Konzerte. Goethe schrieb in einem Brief „Es ist ein starkes Treiben."

Goethe machte Lilli den Hof, wählte sorgfältiger seine Kleidung aus und schien sich in seiner Rolle als Liebhaber wohl zu fühlen. Kraus schrieb darüber an Bertuch in Weimar:

„Goethe ist jetzo lustig und munter in Gesellschaften, geht auf Bälle und tanzt wie rasend, macht den Galanten beim schönen Geschlecht: Das war er sonsten nicht! Doch hat er noch immer seine alte Laune."

Madame Schönemann war von der Liaison zwischen ihrer einzigen Tochter und dem Dichter nicht ganz so begeistert. Jene begünstigte eher einen Vetter, der vor allem materiell eine bessere Partie gewesen wäre, doch Lilli war von ihrem Dichter so fasziniert und erwiderte seine Liebe.

Mit dem Ende der Ballsaison am 28. Februar 1775 entschlossen sich Goethe und Lilli, um ungestört ihre Zweisamkeit erleben zu können, von Frankfurt nach Offenbach zu gehen. Lilli quartierte sich bei Verwandten ein, Goethe logierte sich bei einem Freund ein. Goethe schrieb später über seine Beziehung zu Lilli: „Ich konnte nicht ohne sie, sie nicht ohne mich." Lange Spaziergänge durch Felder, am Fluß entlang, und die Leidenschaft zu Lilli, die erste Frau, die er wahrhaft und tief geliebt hat, bestimmten die Offenbacher Tage.

Die Beziehung ging sogar so weit, daß Goethe in Lillis Zimmer durfte, aber das war noch nicht alles, gleichzeitig kleidete sich Lilli im Nebenraum um.

Allmählich entstanden bei Goethe, nicht bei Lilli - sie wäre sogar mit ihm, wie sie einmal sagte, nach Amerika ausgewandert (das wäre wahrlich ein Verlust für die deutsche Literatur geworden, Generationen von Gymnasiasten aber wäre der ‚Faust' erspart geblieben) - die ersten Bedenken, Selbstzweifel, Identitätsprobleme.

„Ja, eben Das stellte ihn vor die verdrießliche Frage, was nun geschehen solle. Heiraten, einen Hausstand gründen, einen Beruf ausüben, Kinder aufziehen, Ehre unter den Mitbürgern genießen - zu all diesen guten Sachen war gerade er noch nicht vorbereitet. Eine Braut, zumal eine solche wie Lilli, hatte das Recht, ihn ganz für sich zu fordern; er sollte also auf seine Freiheit verzichten und in einen Käfig gehen. Er sollte nun sein Leben lang keine Andere mehr lieben als diese Elisabeth Schönemann. War das möglich? Liebte er nicht sogar jetzt, wo dieses Mädchen ihm so ganz neu war, auch jene Nie-Gesehene im fernen Holstein? Hatten ihn nicht bei den Vergnügungen der letzten Wochen auch Andere gereizt? Kannte er nicht draußen in Offenbach die arme, gute Lotte Nagel, die gleichfalls Anziehung auf ihn ausübte?"[14)]

Das Ende der Beziehung zwischen Johann Wolfgang und Lilli lag in der Luft. Ob es so dramatisch ausging, wie von W. Bode beschrieben, muß bezweifelt werden. Danach fand bei den Schönemanns eine große Gesellschaft statt, bei der auch Goethe anwesend war.

Madame Schönemann soll dabei folgende Erklärung abgegeben haben:

„Goethe habe um ihre Tochter angehalten, aber wegen der Verschiedenheit der Religion schicke sich diese Heirat nicht. Nach einer solchen Rede war für Goethe die Familie Schönemann erledigt, und er für sie. Warum die Dame so grob der Sache ein Ende machte, fragten die Leute, die diese Geschichte weitertrugen, und sie antworteten: weil sie nur dadurch ihr Ziel erreichen konnte. Bei einem Gespräch unter vier Augen hätte Goethe sie mit seiner Beredsamkeit wieder herumgedreht oder das Töchterlein hätte mit Seufzen und Tränen ihr Herz bestürmt, und man wäre aus dem Schwanken lange nicht herausgekommen."[15]

Eine Reise von Goethe in die Schweiz (Mai-Juli 1775) sollte ihm Klarheit über seine Gefühle bringen und die Beziehung zu Lilli klären. Doch damit begann ein schleichender Abschied, der in dem Fortzug von Goethe nach Weimar seinen Schlußpunkt fand.

Goethe schrieb an Lilli:

„Lilli, adieu! Lilli, zum zweiten Mal! Das erste Mal schied ich noch hoffnungsvoll, unsere Schicksale zu verbinden. Es hat sich entschieden! Wir müssen einzeln unsere Rollen ausspielen. Mir ist in diesem Augenblick, weder bange für dich, noch für mich - so verworren es aussieht. Adieu!"

Was allzu billig ist, das lockt nicht

Ein „Groupie" bei Goethe im Schlafzimmer

Johann Wolfgang von Goethes Roman „Die Leiden des jungen Werther" traf mit seiner Thematik der unbedingten Liebe und des Herzschmerzes den Geist der damaligen Zeit in der letzten Hälfte des 18. Jahrhunderts. Der Briefroman, der vor dem Hintergrund von Goethes Liebe zu Charlotte Buff 1772 entstand, erregte die Gemüter und führte vor allem bei jungen Mädchen zu Begeisterungstaumeln, wie man sie im 20. Jahrhundert nur von Rolling Stones- oder Take that-Konzerten kennt.

Vor diesem Hintergrund ist auch jene Episode zu sehen, die sich bei Goethes Ankunft 1775 in Weimar ereignete.

Goethe wurde in Weimar beim Kammerpräsidenten von Kalb einquartiert. Dieser hielt nicht viel von Goethes Werken, hatte aber bereits mitbekommen, daß auch in Weimar eine üble Krankheit grassierte: das Wertherfieber. In einer Kammer versuchte Goethe, sich häuslich einzurichten. Während im Haus schon alles schlief, das Schnarchen des Kammerherrn war deutlich zu vernehmen, stand Goethe noch lange am Fenster und blickte auf den Töpfermarkt und die Stadtkirche. Dann passierte folgendes:

„Irgend etwas bewegt sich im Zimmer. Der Dr. Goethe wendet sich nicht um. Aber er spürt's ganz deutlich: die leichten Füße, die da vorsichtig, Schritt für Schritt, über den Teppich schleichen, gehören zu dem neugierig kecken Augenpaar, das er vorhin, eine Sekunde lang, hinterm Rücken des Herrn Papa in einem Türspalt gesehen. Und aus der Schilderung des Kammerherrn weiß er, daß dies das Fiekchen ist, Sophie von Kalb, die zwanzigjährige Schwester. Leis dreht er sich um, greift sie. Sie quietscht ein wenig, aber nicht allzu laut ... sie weiß schon Bescheid. ‚Werther', flüstert sie kokett und verliebt. Er drückt ihr einen schallenden Kuß auf den blanken Nacken, schiebt sie lachend zur Tür hinaus. Was allzu billig ist, das lockt nicht."[16)]

„Ihr Rausch ist ausgeschlafen, meiner steht auf dem Papier"

Der „Faust" im Papiersack

Das Schreiben war für Goethe nicht nur eine Profession, sondern bereitete ihm auch sichtlich Vergnügen. Dabei stand nicht immer unbedingt auch der Zweck im Vordergrund. Als ein Besucher zu Goethe kam, um einen Blick auf den entstehenden „Faust" zu werfen, kam der Dichter diesem Wunsch nach, indem er einen Papiersack herbeiholte, diesen umdrehte, so daß eine Flut von Zetteln herausfiel und diesen Papierregen mit den Worten begleitete: „Das ist mein ‚Faust'". Dies wirft ein bezeichnendes Licht auf Goethes literarisches Vorgehen. Wenn er irgendwo Redewendungen aufschnappte, so schrieb er sie auf, ob sie von seiner Mutter stammten, einem Gelehrten oder der Magd. W. Bode kommentiert dies folgendermaßen und weiß diese Anekdote zu berichten:

„Da er nun sein Dichten in so hohem Maße zu seiner eigenen Ergötzung betrieb, so entstand viel übermütiges und überflüssiges Zeug; also konnte es nicht ausbleiben, daß gute Bürger Anstoß nahmen, wenn nun doch Etwas davon unter die Leute kam. Jemand machte ihm einmal eine Vorhaltung darüber. ‚Mein Herr', fragte Goethe, ‚sind Sie nie betrunken gewesen?' - ‚Eh nun' gestand der Andere, ‚ein ehrlicher Kerl hat immer so eine Nachrede auf dem Rücken.' - ‚Gut!' erwiderte Goethe: ‚Der Unterschied von mir zu Ihnen ist Der: Ihr Rausch ist ausgeschlafen; meiner steht auf dem Papiere.'"[17)]

Das Monstrum mit der ungeheuren Nase

Goethes erster Eindruck von den Damen am Weimarer Hof

Der Empfang von Goethe am Weimarer Hofe im November 1775 erfolgte bereits am Abend nach seiner Ankunft. Im Redoutenhaus an der Schillerstraße in Weimar fand ein „Ball und Pikenik der Fürstlichen und der Noblesse" statt, zu dem Goethe geladen wurde. Nicht ganz wohl fühlte er sich in dieser Situation. Der Herzog hatte für den Dichter nur wenig Zeit, die Hofherren waren höflich, aber distanziert. „Die Weiber stecken die Köpfe zusammen und tuscheln und bestaunen den Verfasser des ‚Werther', der ihre Phantasie so schön gekitzelt hat, und von dem sie doch so gar nichts verstehen. Die unmenschlich gebauschten Reifröcke wippen bei jedem Schritt. Die Lockenschlangen öffnen sich in der Hitze des Saals, das tiefe Dekolleté glänzt im Widerschein geschliffener Kristallgehänge der Lüster."[18)]

Beim Anblick der zahlreichen Damen mußte Goethe feststellen, daß keine der Anwesenden als wirklich schön zu bezeichnen war. Die junge Herzogin machte auf Goethe einen sanften, traurigen und kühlen Eindruck. „Ein Monstrum daneben ihre Oberhofmeisterin, die Gräfin Gianini mit der ungeheuren Nase, den hervorstehenden rollenden Augen, die von roten Ringen umgeben sind - das schwarze Bärtchen auf der Oberlippe paßt gut zu dem ewigen Tabakschnupfen, das sie auch jetzt nicht lassen kann. ..."[19)]

Beim Anblick der Damen soll Goethe sehnsuchtsvoll an Lilli gedacht haben ...

Was wäre Kati Witt ohne Goethe?

Das Schlittschuhlaufen wird zur Seuche

Die großen Erfolge der ostdeutschen Sportler im Bereich des Eisschnellaufs und des Eiskunstlaufs, zu nennen sind hier nur Gunda Niemann und Katharina Witt, sind in ihrer letztendlichen Konsequenz auf Johann Wolfgang von Goethe zurückzuführen.

Bereits für das Jahr 1774 wird belegt, daß Goethe zwei Freizeitbeschäftigungen besonders pflegte: zum einen das Zeichnen und zum andern das Schlittschuhlaufen. Als die beiden Prinzen aus Weimar, Karl August und Konstantin, in Mainz weilten, Goethe ihnen von Frankfurt auf Einladung gefolgt war, nutzte er zusammen mit dem Hauptmann von Knebel die Zeit, um auf dem Eis zu laufen.

Beim Schlittschuhlaufen schien Goethe eine echte Sportskanone gewesen zu sein, von Klopstock beispielsweise wußte er, daß die holländischen Schlittschuhe das beste Equipment in dieser Sportart darstellten. Da es ja noch nicht die Sportausrüstung mit den bekannten drei Streifen gab, wurde mit Klopstock intensiv über die niedrigen, breiten und flachgeschliffenen Schlittschuhe aus Holland diskutiert. Darüber hinaus stritten die zwei auch über die Frage, natürlich unter sprachwissenschaftlicher Betrachtungsweise, ob es nun Schlittschuhe oder Schrittschuhe lauten müsse.

Als Top-Experte für den „Eiskunstlauf" kam Goethe nach Weimar und konnte dort glänzen, denn in Weimar war diese

Sportart gänzlich unbekannt. Innerhalb kürzester Zeit hatte Goethe das Schlittschuhlaufen am Weimarer Hof eingeführt und zu einer gesellschaftlichen Beschäftigung gemacht, die absolut „in" war und das zentrale sportliche Betätigungsfeld in der Residenzstadt, zumindest im Winter, darstellte.

„Das Schlittschuhlaufen ist nämlich ein ganz neues Vergnügen der Weimarer Gesellschaft. Goethe erst hat's eingeführt. In Weimar läuft man auf überschwemmten Wiesen im Westen des Städtchens, sogar in der Nacht, in Masken, bei Musik. Des Herzogs ‚Husaren' müssen dann mit Fackeln um die Eisbahn herumstehen. Einmal gibt's sogar eine Illumination, die 105 Taler 10 Groschen kostet - man sieht es ja, wie der Umgang mit dem Schöngeist den Herzog verdirbt!" [20)]

„Schon während der ersten Regierungsjahre Carl Augusts war das Eislaufen eine beliebte Vergnügung des Hofes, die sich aber bald auch unter dem einfachen Volk verbreitete. Auf dem herzoglichen Teich im Baumgarten, dem späteren Besitz Friedrich Justin Bertuchs, trafen sich häufig Carl August, Herzogin Luise, Charlotte von Stein, Goethe und Corona Schröter zum Eislauf. Besondere Attraktivität besaßen die Eisfeste, die (...) mit eindrucksvollen Illuminationen auf den überschwemmten Schwanseewiesen gegeben wurden. Die Damen des Hofes, die nicht Schlittschuh liefen, wurden auf großen Schlitten um erleuchtete Pyramiden herumgefahren."[21)]

Eine schlittschuhmäßige Enttäuschung gab es für Goethe um Weihnachten des Jahres 1775. Goethe „trieb sich" mit Kalb, Einsiedel und Bertuch im Winterwald von Bürgel und Waldeck herum, und sie erwarteten den Boten, der aus Weimar die

Schlittschuhe bringen sollte. Doch der Bote, als er denn eintraf, hatte die Schlittschuhe schlichtweg vergessen. Die Enttäuschung vor allem bei Goethe war groß: „Ich habe gestrampft und geflucht, und eine Viertelstunde am Fenster gestanden und gemault."

Goethe galt sportlich zudem als guter Reiter, im Scheibenschießen war er weniger erfolgreich.

Als er in Ilmenau auf Charlotte von Stein wartete, vertrieb er sich, so wird überliefert, die Zeit mit Kegeln. Auch beim Tanzen war Goethe durchaus als begabt zu bezeichnen.

Neben diesen Sportarten, so wird für den 6. August 1776 belegt, vergnügte er sich an jenem Tag auch mit Gänsehetzen. Dies scheint jedoch mehr auf einmaligem Übermut zurückzuführen zu sein als auf einen sportlichen Betätigungswunsch.

Darüber hinaus galt Goethe als guter Fechter. Dieses stellte er z. B. unter Beweis, als er mit dem Herzog Karl August sein berühmtes Fechtduell auf dem Weimarer Marktplatz austrug.

Eine Frau zwischen zwei Männern und ein Mann zwischen zwei Frauen

Corona Schröter sorgt für Verwirrung

Innerhalb der deutschen Theatergeschichte nimmt die Weimarer Liebhaberbühne einen wichtigen Stellenwert ein, zumal die Uraufführung der Iphigenie dort stattfand. Goethe übernahm die Rolle des Orest, Knebel spielte den Thoas, der Prinz Konstantin den Pylades, und die Iphigenie selbst wurde von Corona Schröter gespielt.

Goethe kannte Corona Schröter bereits aus seiner Leipziger Studentenzeit. In Leipzig war sie Konzertsängerin. Als nun die Besetzung einer weiblichen Rolle anstand, erinnerte sich Goethe an Corona, begab sich nach Leipzig und war von der Dame total begeistert. Goethes Besuch bei der Schröter wurde von ihm gut vorbereitet. Es gab wertvolle Geschenke, ein teures Kleid, edle holländische Taschentücher. Damit versuchte er, sie als Kammersängerin in Weimar zu engagieren. Diese Faszination findet ihren Ausdruck in mehreren Briefen, die Goethe an seine Freundin Charlotte von Stein schrieb. Am 25. März 1776 schrieb er: „... die Schröter ist ein Engel - Wenn mir doch Gott so ein Weib bescheren wollte dass ich euch könnt in Frieden lassen - Doch sie sieht dir nicht ähnlich genug." Einen Tag später schrieb Goethe aus Leipzig: „Ich bin bey der Schrötern - ein edel Geschöpf in seiner Art - ach, wenn die nur ein halb Jahr um Sie wäre! beste Frau, was sollte aus der werden".

Verständlich ist, daß sich Charlottes Begeisterung in

Grenzen hielt und sie aus tiefster Eifersucht eine Abneigung gegenüber Corona Schröter entwickelte, die darin ihren Ausdruck fand, daß Charlotte den Theateraufführungen, in denen Corona und Goethe gemeinsam auftraten, fernblieb.

Doch nicht nur Goethe war von Corona Schröter sehr beeindruckt, auch der Herzog Karl August war von der Schauspielerin sehr angetan und verliebte sich unsterblich in sie. Goethe trug natürlich nicht unerheblich dazu bei, denn in seinen Briefen aus Leipzig an den Herzog hatte er die Dame bereits in den höchsten Tönen gelobt und Karl August mehr als neugierig gemacht.

„Engel, die Schrötern, von der mich Gott bewahre was zu sagen", „Ich bin seit 24 Stunden nicht bei Sinnen, das heißt bei zu vielen Sinnen. Bleibe das wahre Detail zur Rückkunft schuldig, als da sind pp..."

Kein Wunder, daß sich eine Konkurrenzsituation zwischen Goethe und dem Herzog ergab.

„Man spaziert zu dreien, ißt vor allem Volk im Freien, die Schauspielerin in etwas freiem Kostüm mit fleischfarbenen Trikots unter dem griechischen Gewand."[22)]

Die eigenwilligen Strukturen zwischen Goethe, Frau von Stein, Herzog Karl August, seiner Frau Luise sowie Corona Schröter führten letztendlich zu großen Spannungen. Goethe mußte die „Fäden entwirren: seine Liebe zu Charlotte, zu Corona, seine Verehrung für die Herzogin, die auch beinahe in Anbetung übergeht, Coronas Pläne einer Liaison mit Karl August und die Bedürfnisse der Theateraufführungen, bei denen die schöne Schauspielerin unentbehrlich ist."[23)]

Den Kürzeren zog letztendlich Corona selbst. Die Herzogin wollte die Schauspielerin angesichts der Geburt des Erbprinzen nicht mehr sehen, Charlotte zeigte Goethe die „kalte Schulter". Goethe schrieb über Corona Schröter:

„Ihr Freunde, Platz! Weicht einen kleinen Schritt!
Seht, wer da kommt und festlich näher tritt!
Sie ist es selbst - die Gute fehlt uns nie -
Wir sind erhört, die Musen senden sie.
Ihr kennt sie wohl! sie ist's die stets gefällt:
Als eine Blume zeigt sie sich der Welt,
Zum Muster wuchs das schöne Bild empor,
Vollendet nun, sie ist's und stellt es vor.
Es gönnten ihr die Musen jede Gunst
Und die Natur erschuf in ihr die Kunst.
So häuft sie willig jeden Reiz auf sich,
Und selbst dein Name ziert, Corona, dich."

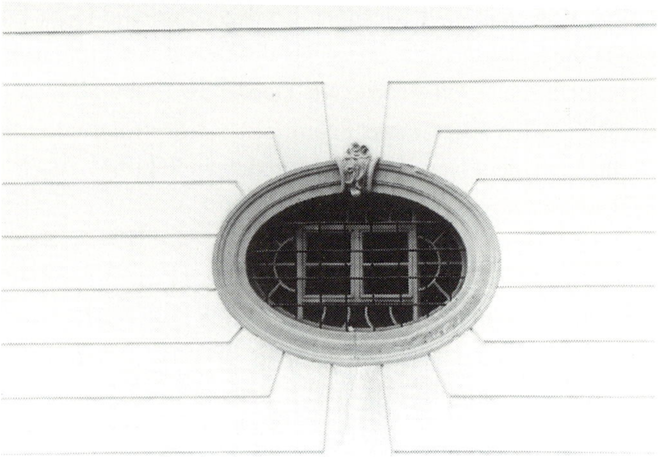

Kein Fahndungserfolg im Thüringer Wald

Goethe auf Verbrecherjagd

Im Mai des Jahres 1776 schickte der Herzog Karl August Goethe nach Ilmenau, denn dort hatte es einen Stadtbrand gegeben, und es war erforderlich, daß nach dem Rechten gesehen wurde. Goethe machte sich am Abend des 3. Mai mit einem fürstlichen Landhusaren auf den Weg nach Ilmenau. Im scharfen Galopp, Goethe muß ein guter Reiter gewesen sein, ritten sie von Weimar über die alte Weinstraße in Richtung des Thüringer Waldes. In Ilmenau angekommen, stellten sie fest, daß das Feuer bereits gelöscht war, und Goethe übermittelte einen Tag später dem Herzog seinen Bericht, daß das Feuer bereits gelöscht sei, lobte den Einsatz der Ilmenauer und stellte fest, daß die obere Stadt mit dem Amt und Rathaus vom Feuer verschont geblieben war.

Während Goethe in dieser Angelegenheit keine Möglichkeit mehr sah, selbst bei der Löschaktion zu helfen, dazu waren die Pferde nun doch zu langsam, so bemühte er sich zumindest in einer zweiten Angelegenheit, die der Herzog ihm aufgetragen hatte, um mehr Erfolg. Am 28. April war in der Nähe von Ilmenau ein Postwagen von Straßenräubern überfallen und ausgeraubt worden, von den Räubern fehlte allerdings jede Spur. Ob sich in dem Postwagen auch Briefe von Goethe oder an Goethe befanden, ist nicht überliefert, denn dann hätte man die Diebe vielleicht auch im Kreis der Autographensammler suchen müssen, jedenfalls legte sich Goethe in dieser Sache mächtig ins Zeug, um die

Räuber zu fassen. Die Räuber waren über Wochen das Tagesgespräch in und um Ilmenau, die Fantasie der Bewohner war fast grenzenlos, und verrückteste Gerüchte kursierten. Man munkelte von „entkleideten Weibern", von vier hageren Kerlen, einer im roten Rock, auch der Teufel höchstpersönlich soll seine schmutzigen Hände im Spiel gehabt haben. Goethe begleitete darauf sechs eigens abgestellte Husaren, um in Arnstadt nach den Räubern zu suchen. Doch die Verbrecherjagd blieb erfolglos, und Goethe kehrte nach Ilmenau zurück.

Kein wahrer Freund der Kunst

Goethe als Bilderschänder

Gerade die studentischen Späße, an denen auch Goethe Gefallen fand, waren in Thüringen sehr beliebt, aber auch von den Betroffenen gefürchtet.

Ein Betroffener im wahrsten Sinne des Wortes war ein Kaufmann namens Glaser aus Stützerbach, der, heute würde man sagen, sich neureich fühlte und seine Eitelkeit und seine überzogene Meinung von sich selbst immer wieder zeigte. Zu den harmlosen Scherzen gehörte, daß die „Spaßvögel" in sein Warenlager einbrachen, Tonnen, Kisten und Kästen durcheinanderbrachten und gelegentlich auch mal eine Tonne den Berg herunterrollen ließen. - Sehr scherzig!

Goethe war in dieser Hinsicht natürlich auch kein Kostverächter und schon gar kein Spielverderber. Dieses wird in der Geschichte deutlich, in deren Mittelpunkt ein Ölgemälde steht. Dieses hing repräsentativ in dem Speisezimmer des Hauses Glaser und stellte ein Porträt des Kaufmanns („Lebensgröße im Brustbild") dar, „die eine Hand mit langer Manschette im Busen, das kaufmännisch breite, zahme Gesicht, durch sehr weiß gepuderte buschige Perücke, sehr herrlich verziert."

Das Gemälde war natürlich Gegenstand häufigen Spottes. Als ausgelassene junge Leute, unter ihnen Goethe, nach einem reichlichen Mahl, zu trinken gab es wahrscheinlich auch reichlich, in die Gewölbe hinabstiegen, um ihre Späße, wie bereits angeführt, mit den Tonnen, Kisten und Kästen im

Warenlager zu treiben, verblieb Goethe im Speisezimmer. Den kurzen Augenblick, mit dem Gemälde allein zu sein, nutzte er, indem er den „Schinken" von der Wand nahm und aus dem Porträt den Kopf des Kaufmanns herausschnitt. Goethe setzte sich daraufhin auf einen Stuhl, stellte das Gemälde auf die Knie, steckte seinen eigenen Kopf durch das Bild und verdeckte die eigenen Beine mit einem Tuch. In dieser Position verblieb er, bis die „Meute" wieder von den Tonnen, Kisten und Kästen im Gewölbe zurückkehrte. „So wie die lustige Gesellschaft endlich wieder heraufgetobt war, um in dem Speise-Zimmer Caffee zu trinken, öffnete sich die Thür der dran stoßenden Kammer, und das Constrastportrait zog überraschend hin, beydes zum Gelächter, und zum Denken zugleich."[24)]

Pech im Spiel - Glück in der Liebe

Goethe beim Schützenfest in Ilmenau

Vom 30. Juli bis zum 1. August des Jahres 1776 fand zu Ehren des Herzogs, der persönlich mit einem Teil seines Hofes angereist war, Goethe war natürlich auch dabei, in Ilmenau das Vogelschießen statt. An diesem nahmen nicht nur die Bürger der thüringischen Stadt und der Umgebung teil, sondern auch die Damen und Herren des Hofes. Dabei zeigte sich, daß mit der Fortdauer der Feier gleichzeitig auch die gesellschaftlichen Spielregeln und Etiketten verwässerten und man vieles nicht mehr so ernst nahm. Ob Goethe bei dem Fest gerne Schützenkönig geworden wäre, ist nicht belegt, jedenfalls kaufte er sechs Lose zu je 1/2 Gulden, um auch mitschießen zu können. Goethe zeigte sich jedoch beim Schießen auf den Vogel und die Scheibe als ausgesprochen schwach und ging ohne Preis aus. Die „Fürstlichkeiten" des Hofes hingegen erwiesen sich als gute Schützen. Das Vogelschießen der jeweiligen Teilnehmer war oftmals mit einem, zumindest war das angestrebt, witzigen Ausspruch verbunden. Hierbei zeigte sich, daß die Grenzen des guten Geschmacks, um es mal vorsichtig auszudrücken, nicht immer eingehalten wurden und plumpe Taktlosigkeiten, unanständige Dinge und geschmacklose Späße die Festivitäten bereicherten. „Man tanzte gern, huldigte überhaupt leidenschaftlich dem schöneren Geschlecht ohne Rücksicht auf Rang und Stand der Erkorenen, hetzte zum Vergnügen die Gänse durch die Dorfstraßen und neckte sich selbst und die anderen oft handgreiflich genug. Denn die Unbefangenheit ihrer guten Laune, bewiesen Adel und Bürgerschaft allesamt mit Händen und Beinen, im Gebrauch gegen sich unter einander, und gegen die Höheren."[25)]

In Weimar geht es schrecklich zu

Goethe und Karl August als Enfants terribles

Die Ankunft Goethes in Weimar und die enge freundschaftliche Beziehung zum Herzog bot dem Gerede der Leute genügend Gesprächsstoff. Und die phantastischen Geschichten der zwei überschlugen sich fast vor unglaublichen Geschehnissen.

So etwa schreibt Voß, der von dem Genietreiben in Weimar wenig begeistert war, an seine Verlobte:

„In Weimar geht es schrecklich zu. Der Herzog läuft mit Göthen wie ein wilder Pursche auf den Dörfern herum, er besauft sich und genießet brüderlich einerlei Mädchen mit ihm. Ein Minister, der gewagt hat, ihm seiner Gesundheit halber die Ausschweifungen abzuraten, hat zur Antwort gekriegt: Er müßte es tun, sich zu stärken."

Über diese in Weimar herrschenden ‚schrecklichen' Verhältnisse schreibt etwa R. Friedenthal in seiner Goethe-Biographie:

„So verüben sie allerhand Schabernack, den man später angesichts der Würde des Dichternamens als ‚Klatsch' bezeichnet hat; er ist aber auch von guten Freunden und Verehrern bezeugt. Das Klatschen mit den Hetzpeitschen ist nur symbolisch: In Hetze muß alles geschehen, wie die wilde Jagd gegen sie in dem verdutzten Lande umher. Einen biederen Bürger schrecken, ist ein Hauptvergnügen des Studentenlebens, der verbummelte Magister Laukhard hat in seinen Memoiren aus seiner Zeit in

Gießen darüber berichtet: Da wird ein armer Teufel von Ex-Theologe, der sich als Mädchenschullehrer kümmerlich genug ernährt, durch systematisches Fenstereinwerfen fast zum Selbstmord getrieben. Da gibt es das ‚wüste Gesicht': eine Larve auf hoher Stange, die nachts Bürgersleuten vors Fenster gehalten wird; man klopft sie heraus und freut sich am tödlichen Schreck des abergläubischen Philisterpacks. Wenn der Rektor eingreift, zieht die gesamte Studentenschaft ‚auf die Dörfer' und kommt erst zurück, als die gepeinigten Bürger, voll Angst um ihre Einnahmen, selber intervenieren. Da ist die ‚Generalstallung' als Hauptaktion gegen mißliebige Spießer: Man zieht des Nachts in großen Haufen vor das Haus, schlägt auf Kommando unter pferdemäßigem Gewieher sein Wasser gegen die Wand und den Eingang ab und zieht mit Burschenliedern davon."[26]

Jedenfalls blühte Tratsch und Klatsch in Weimar, an dem sich zahlreiche nur allzu gern beteiligten. Hierzu zählte auch der Graf Görtz, der sich von Goethe verdrängt sah und folglich in seinen Briefen alles mit „Dreckfarbe" entsprechend ausmalte und mit anderen dazu beitrug, daß in Deutschland die verrücktesten Gerüchte über den Dichter und den Herzog auftauchten. So erzählte man sich im Freundeskreis von Klopstock, daß der Herzog und der Dichter eine gemeinsame Mätresse hätten. In Berlin wurde folgendes verbreitet: „Goethe und sein Busenfreund, der Herzog, führten das ausschweifendste Leben von der Welt; wir würden auch wohl nichts mehr von ihm zu hoffen haben, weil er sich den ganzen Tag in Branntwein besöffe."

Selbst Bodmer in Zürich konnte eine Geschichte zum besten geben, bei der sie, Goethe und Karl August, einer ehrbaren Frau die Kleider über den Kopf gebunden hätten.

Die Streiche finde ich echt dumpf

Wie das Fräulein von Göchhausen ihr Zimmer nicht mehr fand

Der Herzog Karl August und Johann Wolfgang von Goethe bildeten gerade in den ersten Weimarer Jahren ein Gespann, vor dem niemand sicher sein konnte. Über ihre Streiche, ihren Unfug und ihren Schabernack gibt es zahlreiche Anekdoten, deren Wahrheitsgehalt hier nicht hinterfragt werden soll.

Goethe und der Herzog waren gute Reiter, und des Nachts sollen sie, umhängt mit weißen Bettlaken, durch den Nebel geritten sein und haben damit unter der ländlichen Bevölkerung für erhebliche Verwirrung gesorgt. Bauern bekreuzigten sich und glaubten, das Ende der Welt sei gekommen.

Auch das Fräulein von Göchhausen, eine Hofdame von Fürstin Anna Amalia, wurde Opfer eines Streiches. So wurde kurzerhand die Tür zu ihrem Zimmer zugemauert und verkleidet. Als sie nachts heimkam und in der Dunkelheit ihr Zimmer betreten wollte, begann sie, an ihrem Verstand zu zweifeln, mußte ihre Suche resignierend aufgeben und übernachtete schließlich bei einer Freundin.

Die Begeisterung für solche Aktionen drückt sich in dem Substantiv „Dumpfheit" aus, das von Goethe in dieser Zeit zu einer Art Modewort erhoben wurde und als Ausdruck genialischer Eingebung galt.

Der Hof zeigt Bürgernähe

Goethe und Karl August auf dem Schützenfest

Wenn irgendwo im Herzogtum ein Schützenfest stattfand, so ließen es sich natürlich auch die Mitglieder des Hofes, allen voran Karl August und im Gefolge selbstverständlich auch Goethe, nicht nehmen, an den Feierlichkeiten teilzunehmen. Dabei wirkten die Adligen kräftig mit, mischten sich unters Volk und sorgten für „Bürgernähe". Beim Schießen wird Goethe nachgesagt, daß er nicht ganz so erfolgreich war, an der Bratwurstbude zeigte er seine Vorliebe für Würstchen, bei den Damen kam Goethe immer gut an. So wird von einem Vogelschießen, das in Rudolstadt stattfand und mehrere Wochen dauerte, folgendes berichtet: Der Herzog Karl August amüsierte sich, stets unter das Volk sich mischend, wochenlang. „Auch Goethe kam zuweilen. Drollig war es anzusehen, wenn die fürstlichen Herren, Goethe mit unter ihnen, sich um eine Bratwurstbude stellten und dann, ein jeder mit einer solchen bewaffnet, unter dem Publikum einherwandelten; oder wenn sie mit den hübschesten Landmädchen in einer Lottobude saßen und diese mit Wein oder Punsch regalierten; der Schluß war dann gewöhnlich, daß jeder seine hübsche Dirne an den Arm nahm, die Musik herbeigeholt und eine Polonäse eröffnet wurde, die den ganzen Anger und alle Säle durchwogte und an der das ganze Volk jubelnd teilnahm. Diese Herablassung gewann ihnen aber auch die Herzen aller, nicht nur der begünstigten Schönen."[27)]

Das tragische Ende eines Schützenfestes

Ein Toter beim Vogelschießen

Recht kurios und tragisch endete ein Schützenfest, auf dem auch Goethe im September des Jahres 1777 in Eisenach war. Dabei gab es einen Toten und einen Verletzten. Recht knapp beschrieb Goethe diesen Vorfall in einem Brief an Charlotte von Stein:

„Heute haben wir unser Vogelschießen dum geendigt. Ohngefähr auf den fünfzigsten Schuß lag ein Bursche, von den Zuschauern, auf der Erde, so todt als ie einer, und ein andrer verwundt am Arm. Und hätte, nach den Umständen, ieder von uns können todtschiesen und todtgeschossen werden."
(14.9.1777)

Dorfschönheiten werden im Tanz herumgeschwenkt

„Goethe war hierbei der Tollsten einer"

Die Vorliebe von Herzog Karl August für ausgedehnte Jagdvergnügungen im Thüringer Wald ist hinreichend bekannt. Doch auch, wenn es darum ging, die Abende und Nächte nach der Jagd auszufüllen, zeigte der Herzog keine Ermüdungserscheinungen. Und Goethe mußte nicht nur mit, sondern schien, von der Jagd einmal abgesehen, auch auf seine Kosten zu kommen. „... und im Gasthof zum Weißen Roß zu Stützerbach schwenkten der Herzog und seine Kavaliere die Dorfschönen weidlich im Tanz herum. Goethe war hierbei der Tollsten einer".[28)]

Ich tanzte mit allen Bauernmädels im Nebel

Kleine Sünden straft der Herr sofort

Im September des Jahres 1777 weilte Goethe in Stützerbach. Dort wurde wieder ausgiebig gefeiert. So schrieb Goethe an Frau von Stein: „In Stüzzerbach tanzt ich mit allen Bauernmädels im Nebel und trieb eine liederliche Wirthschafft bis Nacht eins." (6.9.1777)

Doch bereits unmittelbar danach setzten bei Goethe starke Zahnschmerzen ein, die er mit warmer Kräutermilch zu lindern suchte. Am 12. September schrieb Goethe aus Eisenach:

„Auch hab ich ein Knötgen gewonnen an einem Zahn, schon in Stüzzerbach, habs parforce dressirt und hab viel daran gelitten, besonders da schon fast alles gut war tanzt ich wie toll eine ganze Nacht und habe 24 Stunden Geschwulst und Grose Schmerzen gehabt. Jetzt ists wieder still doch noch ein wenig dick und muss zu hause sizzen in Eisenach, in dem weitschichtigen Schlössgen und alles ist in Wilhelmsthal und auf Jagden. da wird nun in der Stube gehezzt wo denn offt aus Mangel andres Wildprets mein armes Ich herhalten muß. Auf den Montag soll Vogelschiesen seyn und weis noch nicht einmal ob ich dazu kann. (...) Es ist viel Übel in einem kleinen."

Die zwielichtige Herkunft der Thüringer Förster

Uneheliche Kinder in abgelegene Dörfer

Das doch recht freizügige Leben des Herzogs Karl August, in dessen Diensten Goethe stand, und die amourösen Abenteuer, die jener immer suchte und fand, blieben natürlich nicht ohne Folgen. Dabei war es üblich, uneheliche Kinder zu Försterfamilien in den Thüringer Wald zu geben. Diese Angelegenheiten wurden selbstverständlich sehr diskret behandelt. Von dem Bruder des Herzogs ist jedoch eine Begebenheit überliefert. Der Bruder, Konstantin, hatte sich wohl in den Kopf gesetzt, eine Dame des Hofes zu heiraten, in die er unsterblich verliebt war. Dieses scheiterte jedoch daran, daß sie nicht „ebenbürtig" war. Daraufhin wurde der Prinz auf Brautschau geschickt, irgendwie hatte Goethe dabei auch seine Finger im Spiel gehabt, kehrte auch mit einer Französin aus Paris zurück. Diese Dame wollte zwar Konstantin nicht heiraten, dafür erwartete sie allerdings ein Kind von ihm. „Der Minister Goethe hat dafür zu sorgen, daß die Geburt in einem abgelegenen Dorfe vor sich geht; das Kind, ein Knabe, wird wie Karl Augusts eigene Sprößlinge unter die Förster gesteckt."[29]

Neun Bücher gab Goethe nie zurück

Bibliotheksdirektor und -benutzer zugleich

Die Bibliothek von Johann Wolfgang v. Goethe in seinem Weimarer Wohnhaus am Frauenplan, das wird man auch in der Gegenwart noch als Besucher sofort feststellen können, ist wahrlich kein Augenschmaus oder gar ein ästhetisches Großereignis. Der Raum macht einen eher kargen Eindruck, die Regale scheinen von einem Heimwerker, oder war es gar Johann Wolfgang selbst, recht einfach aus ordinären Brettern zusammengeschlagen worden zu sein. Auch der Umfang der Bibliothek macht deutlich, daß sie eher den Charakter einer Hand- und Arbeitsbibliothek hatte. Denn lediglich 5424 Titel weist sein Bücherbestand auf. Für Goethe nicht gerade viel.

Das reichte natürlich für ein Genie wie Goethe nicht aus. Seine bibliophile Ader spiegelt sich auch darin wider, daß er Leiter der damaligen Herzoglichen Bibliothek und Oberaufsichtführender über die wissenschaftlichen Institute und Bibliotheken des Herzogtums war. Tausende von erhaltenen Leihscheinen belegen zudem, daß er als Leiter gleichzeitig auch einer der wichtigsten Bibliotheksbenutzer war. Vielleicht ist er ja auch nur deshalb Leiter geworden, um eine bessere Zugangsmöglichkeit zu den Büchern zu haben. Denn merke: wenn du erst einmal Bibliotheksdirektor bist, kannst du dir jedes Buch ausleihen, wann und wie lange du willst.

Und hier tauchen zwangsläufig die voraussehbaren Schwierigkeiten auf, die Goethe beispielsweise im Hinblick auf die Weimarer Hofbibliothek sich selbst in seiner Doppelfunktion bereitete. Mit dieser Bibliothek pflegte er auch den intensivsten Leihverkehr. Da Goethe in gewisser Weise zur Pedanterie neigte und darüber hinaus auch ein Sammlertyp war, sind alle Ausleihzettel erhalten und belegen, daß Goethe in einem Zeitraum von 54 Jahren insgesamt 2276 Bände auslieh. Das sind genau 42,148148 Bände pro Jahr. Da wir aber wissen, daß Goethe ein tägliches Lesepensum von mindestens einem „mittleren Oktavband" hatte, müßte sich sein Leihverkehr eigentlich bei insgesamt 19.710 Büchern in dem oben angeführten Zeitraum bewegen. Na gut, einige Tage wird man abziehen müssen, wenn er mit dem Herzog auf Zechtour weilte, wenn er mal wieder mit den Damen des Hofes sich beim Schlittschuhlauf verlustierte oder sich in Ilmenau über das Bergwerk ärgerte. Aber insgesamt doch eine recht passable Leseleistung. Jedenfalls, mehr als ein halbes Jahrhundert lang war Goethe einer der eifrigsten Bibliotheksbenutzer. Daß er jedoch als Bibliotheksdirektor sich selbst auch Leihscheine ausstellte, belegt, daß er seine Funktionen deutlich zu trennen wußte.

„Ob übrigens mit dieser Ausstellung ein Recht der kostenfreien Benutzung verbunden war, läßt sich nicht sagen. Auf jeden Fall steht fest, daß Goethes Verhältnis zur Hofbibliothek nicht gleichmäßig freundlich war. In den ersten drei Jahren seines Weimarer Aufenthaltes nahm er überhaupt nicht Notiz von ihr, und erst Ende des Jahres 1778 entlieh er eine Zusammenstellung von „Druckbildern alter Völker", ein paar Wochen später eine französische Anekdotensammlung - und schon in dieser Anekdotensammlung erwies sich, daß Goethe keineswegs das Zeug zu einem wohlanständigen Bibliotheksbenutzer hatte: dieses Buch lieferte er nach genau 20 Jahren zurück, und daß er es überhaupt zurückliefern konnte, war fast ein Glücksfall. Denn 1798 mußte er auf Anfrage der Bibliotheksleitung mitteilen, daß dieses und jenes der entliehenen Bücher ‚längst abhanden gekommen' sei, und er bat die Bibliothek schuldbewußt, die verlorenen Bände ‚gelegentlich auf einer Auktion zu erstehen' und den ‚Ersatz der Auslagen' von ihm zu erwarten - das Fatalste war, daß er hier von seinen eigenen Anordnungen betroffen wurde, die er kurz zuvor erlassen hatte, um einer offensichtlichen Nachlässigkeit im Ausleihwesen abzuhelfen. Nach seinem Tode mußten gewissenhafte Beamte der Hofbibliothek die Feststellung treffen, daß neun von Goethe entliehene Bücher überhaupt fehlten."[30)]

In der Zeit davor war Goethe ein fleißiger Benutzer der Weimarer Hofbibliothek. Er zeigte sich vielseitig interessiert, bestellte Defoes „Robinson Crusoe" ebenso wie Coopers „Der rote Seeräuber", eine „Geschichte der Botanik" und die „Abbildungen der deutschen Holzarten", eine Beschreibung der Landstraßen im Schweizerischen Kanton Graubünden.

Bei der Sprache seiner Bücher zeigte Goethe polyglotte Tendenzen. Er bestellte in französischer und englischer, lateinischer und griechischer Sprache. Aristoteles schien es Goethe ganz besonders angetan zu haben. Den lieh er sich gleich elfmal aus. Aber auch Schiller. Während die Beziehung Goethe-Schiller zu Lebzeiten nicht als besonders freundschaftlich zu bezeichnen ist, so begann Goethe nach dem Tod von Schiller mit einer intensiven Auseinandersetzung seiner Werke: im Jahr 1805 wurde der „Wallenstein" ausgeliehen, 1807 folgte die Geschichte des Dreißigjährigen Krieges, 1809 und 1814 die Geschichte des Abfalls der Niederlande, gleich zweimal läßt sich die Auseinandersetzung mit der „Huldigung der Künste" anführen und 1818 folgte der Gipfel im Leihverkehr: Goethe lieh sich Schillers Gesamtwerke aus.

Obwohl Wieland zu den wichtigsten Autoren des klassischen Weimar zu rechnen ist, so besaß Goethe kein einziges Buch von ihm. 1806, als Goethe französische Einquartierung hatte und jemand von Wieland etwas lesen wollte, mußte Goethe erst einen Bediensteten zur Hofbibliothek schicken, um ein Exemplar auszuleihen. Ist natürlich peinlich, kommt einer bei Goethe zu Besuch und will Wieland lesen - welch eine unhöfliche Dreistigkeit.

Auf Goethes Bestsellerliste der Entleihungen ganz oben, sozusagen die absolute Nr. 1, standen jedoch Winckelmanns Schriften. 27 mal allein wurden Werke des bedeutenden Kunstwissenschaftlers ausgeliehen, an zweiter Stelle stand, wer hätte das gedacht, Goethe selbst. Allein dreimal entlieh er sich „Das römische Carneval", denn hiervon besaß er kein Exemplar. Trotz des Bemühens, auf einer Auktion ein Exemplar davon für 6 Thaler zu ersteigern, gelang ihm dieses nicht. Darüber hinaus bestellte er fünfmal seine „Gesammelten Schriften", zweimal „Wilhelm Meisters Lehrjahre". Im Jahr 1807 lieh er sich zweimal seinen Faust aus und 1816 seinen Werther.

Liebe geht durch den Magen

Mit Spargel und Erdbeeren zu Charlotte zum Mittagessen

Daß zwischen Johann Wolfgang von Goethe und Charlotte von Stein sich zu Beginn der Weimarer Jahre eine intensive emotionale Beziehung entwickelte, ist hinlänglich bekannt. Daß sie, obwohl sie nur wenige Schritte voneinander wohnten, in einen regen Briefverkehr traten, der um die 2000 „Zettelges" umfaßt haben soll, ist auch bekannt. Daß jedoch Goethe auch gern und oft gesehener Gast beim Mittagessen bei Frau von Stein war, ist nicht jedem geläufig. Der Mann von Charlotte von Stein, Josias, weilte entweder zum Essen am Hof von Karl August, oder er war gerade als Rittmeister unterwegs, um Pferde für den Hof zu kaufen.

Weil Liebe bekanntlich durch den Magen geht, ließ Goethe sich auch nicht lumpen und brachte entsprechende Viktualien mit oder ließ sie über Dienstboten überbringen. Dabei konnte Goethe glänzen, denn er war, na ja Kleingärtner trifft die Sache nicht ganz, stolzer Gartenbesitzer und betrieb eigenen Gemüseanbau, natürlich aus rein wissenschaftlichem Interesse.

So schrieb Goethe an Frau von Stein am 17. Mai 1776: „Dancke beste für den guten Morgen. Ich komme mit Ihnen zu essen und bring allerley mit."

Was er mitbrachte, wissen wir nicht, denn Charlottes Briefe sind ja leider nicht der Nachwelt überliefert.

Einen Tag später war jedoch an den Brief an Charlotte Spargel von Kalbsrieth gebündelt. Am 19. Mai 1776 war es soweit, Goethe konnte selbstgestochenen Spargel an Frau von Stein schicken. „Da sind Spargel, erst jetzt gestochen, lassen Sie sie nich unter die andern kommen, essen Sie sie allein, da Sie doch einmal das glückliche Vorurtheil dafür haben; wie mir's eben am besten schmeckt, wenn ich sie mit Ihnen esse."

Am 21. Mai gab es erneut Spargel. „Da liebe Frau wieder Spargel ich esse mit Ihnen."

Neben Spargel scheinen auch Erdbeeren ihre Wirkung auf Charlotte von Stein nicht verfehlt zu haben. Dazu nahm er auch schon mal Erdbeeren, die nicht aus seinem Garten stammten. „Ich schicke Ihnen Erdbeeren wo nicht in meinem Garten doch in unsrer Gegend gewachsen." (17.6.1778). Wenn Goethe es stilecht liebte, gab er zu den Erdbeeren noch Blumen hinzu und schlug eine Art Picknick vor. „Erdbeeren schick ich Ihnen aus meinem Garten und Blumen. Wir essen in Belvedere. Adieu liebste." (2.7.1778)

Also: Goethe doch ein Romantiker. Dabei schien Goethe sich bei Charlotte doch sehr sicher zu sein („Heute muß ich mit Ihnen essen" 7.8.1778). Und was Charlottes Mann, Josias, dazu sagte? Na ja, wie schon angeführt, er war meistens sowieso nicht da, entweder aß er am Fürstenhof, rein dienstlich versteht sich, oder er begutachtete irgendwo Pferde für den Herzog auf Dienstreise, wenn man so will.

Der Inhalt ist für Sie allein

Eine geheimnisvolle Schachtel für Charlotte

Der Briefverkehr zwischen Goethe und Charlotte von Stein ist schon sprichwörtlich. Obwohl sie in Weimar nur wenige hundert Meter voneinander entfernt wohnten, ging eine Sendung von „Zettelges" nach der anderen hin und her.

Doch nicht nur die Briefe allein erregten die Aufmerksamkeit des literaturgeschichtlich, mehr aber noch des an dieser zwischenmenschlichen Beziehung Interessierten, sondern auch die zahlreichen Beigaben, die zwischen Johann Wolfgang und Charlotte wechselten, werfen ein recht aufschlußreiches Licht auf das Verhältnis. Da nur Goethes Briefe erhalten sind, bleiben viele Geheimnisse zwischen den beiden ungeklärt. Hierzu gehört auch eine Schachtel, die Goethe am 11. Dezember des Jahres 1778 an Charlotte schickte. Beigefügt war eine Anmerkung auf dem Brief, die folgendermaßen lautete: „Vor Eröffnung der Schachtel aufzubrechen." Der Brief enthielt eine Nachricht, die sich auf die Schachtel bezog: „Was die Schachtel enthält ist allein für Sie. Drum wenn etwa schon Sozietät bey Ihnen seyn sollte, so bitt ich die Schachtel nich in ihrer Gegenwart aufzumachen, eine höfliche Austheilung würde mich sehr ärgern."

In dieser Familie sind die Weiber gescheit

Der Ehemann interessierte sich nur für Pferde

Friedrich von Schiller brachte es auf den Punkt. Er schrieb: „In dieser Familie sind die Weiber gescheit und die Männer dumm bis zum Sprichwort". Gemeint war damit die Verwandtschaft der Charlotte von Stein. Die Mutter der Frau von Stein, eine Schottin von strenger Frömmigkeit, galt als nüchtern-kühl. Auffällig war jedoch Emilie von Werthern, eine Verwandte, die als pikant, lustig und kokett beschrieben wird.

Mit einem absoluten Coup sorgte sie in Weimar für Furore: In der Familiengruft ließ sie an ihrer Stelle eine Puppe beisetzen, nutzte die allgemeine Verwirrung und machte sich, mit einem Mann natürlich, Einsiedels Bruder, aus dem Staub nach Afrika.

In diesen Familienclan drang nun Goethe ein, als er eine intensive Beziehung zu Charlotte von Stein aufbaute, eine verheiratete Frau mit drei Kindern, deren Ehemann so gut wie nie daheim war und die sich in einer, heute würde man sagen, „Midlifekrise" befand.

„Um die Erziehung ihrer Kinder kümmerte sie sich wenig. Auf die Freuden des Hoflebens hatte sie verzichtet. Nur selten besuchte sie noch größere Festlichkeiten. So lebte sie einsam dahin, an der Seite eines Gatten, der im Hofleben fast aufging und sich in seinen Mußestunden nur mit landwirtschaftlichen Fragen, mit Pferden, Mastochsen und Wagenbau zu beschäftigen wußte, während seine Frau zu Büchern ihre Zuflucht nahm. Aber dadurch, daß sie von dem Leben nichts mehr erwartete, daß ihre Lebensaufgabe erfüllt zu sein schien, hatte sie die Möglichkeit, die angeborene Gabe der Einfühlung zu entwickeln. Sie gleicht einem Klavier, das erst durch einen Meister zur Entfaltung seiner vollen Klangschönheit gelangen kann. Der Einfühlungsgabe dieser Frau, ihrem Verständnis für die Genialität ihres Liebhabers war es vorbehalten, alle die zarten Mädchengestalten der Vorweimarer Zeit aus der Seele des Dichters zu verdrängen."[31)]

Von Charlotte von Stein hatte Schiller einen insgesamt positiven Eindruck. „Die beste unter allen war Frau von Stein, eine wahrhaft eigene, interessante Person und von der ich begreife, daß Goethe sich so ganz an sie attachiert hat. Schön kann sie nie gewesen sein, aber ihr Gesicht hat einen sanften Ernst und eine ganz eigene Offenheit. Ein gesunder Verstand, Gefühl und Wahrheit liegen in ihrem Wesen. Diese Frau besitzt vielleicht über 1000 Briefe von Goethe, und aus Italien hat er ihr noch jede Woche geschrieben. Man sagt, daß ihr Umgang ganz rein und untadelhaft sein soll." (Schiller, 12.8.1787)

Blumentöpfe für Charlotte

Goethe als Porzellanmaler

Daß Thüringen ein Land der Porzellanherstellung und -manufakturen ist, ist nichts Neues, jedoch hat auch Johann Wolfgang von Goethe dazu beigetragen, dieses Image zu verstärken und zu bekräftigen.

Am 17. März des Jahres 1779, als Goethe in Ilmenau weilte, um eine Rekrutenaushebung vorzunehmen, besuchte er die Porzellanfabrik dortselbst.

Zwei Jahre später, im Juni 1781, als Goethe zu einer Bergwerkskonferenz sich in Ilmenau aufhielt, nutzte er die Zeit, um eine Porzellantasse zu bemalen, nicht nur so, nein, diese war für Charlotte von Stein bestimmt; am 30. Juni fing er mit der Malerei an, am 5. Juli ging die gemalte Tasse per Post an Frau von Stein. In einem Brief vom 1. Juli an Charlotte von Stein machte Goethe bereits erste Andeutungen im Hinblick auf die bemalte Porzellantasse. „Diese Tage her hab ich auch etwas für dich gearbeitet das ich dir mitbringe, du sollst ihm hoff ich ansehen daß ich dich liebe. Was es ist sag ich noch nicht." An der Porzellanmalerei schien Goethe Gefallen gefunden zu haben, denn bereits einen Tag später, durch schlechtes Wetter begünstigt, sah man Goethe, wie er zwei Blumentöpfe bemalte, natürlich wiederum für Charlotte, einer der Töpfe allerdings verunglückte beim Brennen. Am 5. Juli schrieb Goethe aus Ilmenau an Charlotte von Stein. „Die Tasse die beykommt, hab ich dir gemahlt, ich wünschte die Masse des Porzellans wäre besser, ich habe eine kindische Freude dran gehabt und besonders in der Hoffnung daß dichs auch freuen soll. Wenn ich einmal Rothbergisches Porzellan haben kan, und nur noch ein wenig Übung, so soll auch das bessre dem seyn. Ich dencke drauf dir ein Paar Blumenkrüge zu mahlen."

Aus dieser voreiligen Ankündigung wurde nun mal doch nichts, denn das Unglück im Brennofen hatte Goethe wohl noch nicht eingeplant.

Am 6. Juli mußte er, ob er wollte oder nicht, seine Blumentopfgeschenkankündigung zurückziehen. In einem ersten Brief verkündete er noch voller Stolz seiner „Besten", daß er zwei Blumentöpfe gemalt habe, mußte jedoch dann in einer Ergänzung gestehen: „Leider ist einer von den Blumentöpfen im Feuer verunglückt und ich kan dir also nur einen schicken. Adieu liebste ich will dir gleich einen neuen mahlen." Ob es dazu kam, ist nicht bekannt.

Eine Weste und eine Flasche

Charlotte und Goethe tauschen Talismänner

Die enge Beziehung zwischen Johann Wolfgang von Goethe und Charlotte von Stein drückt sich nicht nur in einem atemberaubenden Briefverkehr aus, sondern auch die zahllosen Liebesgaben, die zwischen den beiden hin und her wanderten, sprechen eine eindeutige Sprache. Ob Spargel oder Pfirsiche, Erdbeeren oder Rosen, Silhouetten oder Manschettenknöpfe, Zeichnungen und und und , den Gipfel bildeten sozusagen die Talismänner, die Charlotte und Goethe tauschten.

Am 2. März 1779 schrieb Goethe an Charlotte von Stein aus Dornburg:

„Noch etwas hätten sie mir mit geben können, einen Talisman mehr, denn ich habe wohl allerlei und doch nicht genug. Wenn Sie ein Misel wären hätt ich Sie gebeten das Westgen erst einmal eine Nacht anzuziehen und es so zu transsubstantiieren, wie Sie aber eine weise Frau sind muß ich mit dem Calvinischen Sakrament vorlieb nehmen."

Wenn man so will, erhielt Charlotte als Gegenleistung eine Trinkflasche. Dazu schrieb Goethe am 11. August 1779: „Hier schick ich die Flasche aus der ich tranck. Nehmen Sie sie mit und täglich davon etwas zu Erfrischung des Andenckens."

Am 18. August desselben Jahres konnte Goethe die Sitzgenauigkeit der Weste vermelden. „Die Weste sitzt gar schön, es ist die erste die so paßt zu meiner grosen Freude. Sie sieht gar

lieblich, und ich hoffte drinn mit Ihnen einen Englischen durchzuführen."

Diese Weste von Charlotte schien bei Goethe zu einem Lieblingskleidungsstück zu werden, denn knapp vier Wochen später schrieb er: „Ihre Weste trag ich bey ieder Feyerlichkeit, ich möchte ein ganz Gewand haben das Sie gesponnen und gewürckt hätten um mich drein zu wickeln." Wie Goethe in diesem Gewand wohl ausgesehen hätte, kann man sich heute kaum mehr vorstellen, aber man sieht, Goethe bekam erst eine Weste, dann wollte er schon ein Gewand haben; er konnte halt wirklich nicht genug bekommen von Charlotte.

Am 10. September jedoch bewies Goethe mal wieder Stil, als er sich für die Weste bedankte. „Noch einmal Adieu, und danck für den Talisman."

. . . dafür stehe ich nachts sogar auf!

Der Briefwechsel zwischen Goethe und Charlotte von Stein

Eine doch recht ungewöhnliche Beziehung bestand zwischen Goethe und Charlotte von Stein. Diese begann unmittelbar nach Goethes Aufenthalt in Weimar und endete mit der Italienischen Reise von Goethe und der anschließenden Bekanntschaft mit Christiane Vulpius. Diese recht ungewöhnliche Beziehung wirkt um so erstaunlicher, wenn man berücksichtigt, daß sie elf Jahre lang dauerte, Charlotte verheiratet war, aber nicht mit Goethe, sondern mit einem Gatten, der fast nie zu Hause war, entweder beim Herzog zum Mittagessen weilte oder dienstlich für den Herzog unterwegs war. Charlotte hatte bereits sieben Kinder zur Welt gebracht, von denen nur drei Jungen überlebten. Im übrigen war Charlotte bereits sieben Jahre älter als Goethe. Dennoch entwickelte sich zwischen den beiden eine innige Beziehung, die ganz besonders ihren Ausdruck in einem extensiven Schriftverkehr fand. Obwohl ihre Häuser fast in Sichtweise zueinander standen, entwickelte sich eine einzigartige Brieffreundschaft. Goethe schaffte es in elf Jahren, über 1700 Briefe an Charlotte von Stein zu schicken, das ist immerhin, statistisch gesehen, fast alle zwei Tage ein Brief. Während die Briefe von Goethe erhalten geblieben sind, hat Charlotte ihre Briefe von Goethe zurückgefordert und angeblich verbrannt.

Aber auch Goethes Briefe allein geben schon einen sehr interessanten Einblick in die langjährige Beziehung zwischen dem ledigen Geheimrat und der verheirateten Hofdame.

So stellte Goethe am 10. November 1776 in einem Brief fest, daß man für den Weg von ihrer zu seiner Stube „akkurat 20 Minuten" brauche.

Die Briefe wurden dabei in der Regel von Dienstboten zugestellt. Auf Tages- und Nachtzeiten wurde keine Rücksicht genommen. So bemerkt Goethe in seinem Brief vom 27. Mai 1777: „Ihr Zettelgen erhielt ich gestern Nacht als ich um 10 Uhr wieder aufwachte ich hatte mich um achte auf einen Strohsack im Altan Stübgen niedergelegt und war glücklich eingeschlafen. Heute sollt ich einmal nicht kommen."

Am 4. September des Jahres 1779 schrieb Goethe: „Morgen eh ich erwache soll der Bote an Sie fort der einen Korb mit Äpfeln und die Preise der Zeichenschule für Carl und Kestner überbringt."

Hierin wird bereits deutlich, daß der Briefwechsel um zahlreiche Liebesgaben erweitert wurde: Blumen und immer wieder Blumen, Obst und Gemüse, ...

Obwohl sich Goethe und Charlotte von Stein fast täglich sahen, wenn Goethe in Weimar weilte, so bildete der Briefverkehr eine zusätzliche Kommunikationsebene, die jedoch nicht immer reibungslos funktionierte. So gab es in der Zustellung schon mal Verspätungen. „Ihr gestrig Zettelgen kriegt ich durch Versehn erst heut früh". (25.2.1778) Aber auch über größere Entfernungen wurden Boten eingesetzt, um den Schriftverkehr aufrechtzuerhalten. Goethe schrieb am 5. März 1779 aus Apolda: „Sie haben sehr wohlgetan mir ein Briefgen hier einzulegen, denn ich hatte mir unterwegs vorgenommen böse zu werden wenn ich nichts von Ihnen anträfe. Ihr Bote ist schon wieder fort." Kein Wetter war für die Briefzustellung zu schlecht und keine Entfernung zu weit. „Guten Morgen aller liebste. Zu Mittag seh ich Sie. Wir sind in dem entsetzlichen Wetter gestern um Mitternacht angekommen. Ihren Brief habe ich bey Naumburg erhalten. Adieu." (27. April 1780)

Um seine Zuneigung und Liebe zu Charlotte von Stein zum Ausdruck zu bringen, bediente sich Goethe auch schon mal ungalanter oder neckischer Methoden. So schrieb er am 16. Juli 1776 an Charlotte:

„Sie fehlen mir an allen Ecken und Enden und wenn Sie nicht bald wiederkommen, mach ich dumme Streiche. Gestern auf dem Vogelschießen zu Apolde hab ich mich in die Christel von Artern verliebt ppp. Ich habe gar nichts was mich in linde Stimmung sezt."

Oder am 27. Januar 1776:

„Das Milchmädgen gefiel mir wohl, mit etwas mehr Jugend und Gesundheit wäre sie mir gefährlich."

Die erfolgreiche Schneeballschlacht

Goethe schlägt Angreifer in die Flucht

Goethe verkehrte auch in Jena im Haus der Familie Frommann. Eines Winterabends, als Goethe bei dieser Familie sich zu einem geselligen Beisammensein aufhielt und Anstalten machte, zu gehen, hörte die Köchin des Hauses, wie einige Gäste sich verabredeten, auf dem Hof eine Schneeballschlacht gegen Goethe zu veranstalten, um diesen mit einem Schneeballbombardement gebührend zu verabschieden.

Die Köchin erkannte sofort dieses doch recht einseitige Vorhaben und beschloß, Goethe zu helfen. Sie machte sich schnell auf, formte im Garten mit ihren Händen Schneebälle und füllte diese in ihre Schürze.

Goethe, der sich bereits auf der Treppe befand, wurde von der Köchin die Schürze umgebunden, und vollbeladen betrat er den Hof. „Es gab nun eine gar heitere Szene auf dem Hofe, als die Herren, in der Erwartung, Goethe wehrlos zu überfallen, ihrerseits von dem rüstigen und seinerseits reichlich mit Munition versehenen Goethe in die Flucht geschlagen wurden. Ein ansehnliches Trinkgeld, das ..."[32)] die Köchin daraufhin von Goethe erhielt, kann als Beweis dafür angesehen werden, wie wichtig ihm diese Aktion war.

Wer gewinnt, darf die Oberstallmeisterin küssen

Das Blindekuhspiel als gesellschaftliches Ereignis

Der Freiherr von Dalberg, Kanonikus aus Mainz, Statthalter des Bistums Erfurt und ein Freund des Weimarer Fürstenhauses, kam aus Erfurt, um dem Herzog Karl August einen Besuch abzustatten. „Es befremdet ihn wohl, wie sich da plötzlich alles durcheinander duzt, der Herzog, Goethe, Wieland, Lenz (...) Nun muß gar dem Herzog erst die Binde von den Augen genommen werden, damit er den Gast nur begrüßen kann - man ist gerade beim Blindekuhspiel! Aber das Spiel ist so schön, die höfische Unterhaltung so langweilig. So spielt man eben nach der kurzen Unterbrechung weiter! Und Dalberg kann den Verdruß nicht für sich behalten. Alles in Weimar scheint ‚außer den Schranken der Ordnung'."[33)]

Das Blinde-Kuh-Spiel erfreute sich am Weimarer Hof größter Beliebtheit und, wie man dem Dalberg-Besuch entnehmen kann, schuf es eine lockere angenehme Atmosphäre.

Diese gab es auch an einem Abend, als der Prinz Constantin zu einem Soupé eingeladen hatte. In die reine Männerrunde, unter ihnen Goethe, drangen zwei Frauen ein, mit Schwertern bewaffnet, die „eine Elle höher" waren als Goethe selbst. Die Damen entpuppten sich als Herzogin-Mutter, Anna Amalia und Charlotte von Stein. „Da knieten sie alle hin, die lustigen Zechbrüder, und wurden mit den alten Schwertern aus dem

Zeughaus spaßhaft zu Rittern geschlagen. Diesmal gab's keinen Saufabend, denn die Damen blieben zugegen, sie gingen gar um den Tisch herum und kredenzten den Champagner. Wer wird sich betrinken wollen, wenn man weit Besseres tun kann! Da spielt man lieber Blindekuh - wer gewinnt, darf die Oberstallmeisterin küssen!"[34]

Versengte Augenbrauen und siedendes Wasser in den Schuhen

Goethe als Feuerwehrmann

Am 26. Juni des Jahres 1780 hielt sich Goethe in Ettersburg auf, als er die Nachricht erhielt, daß in Groß Brembach ein Feuer ausgebrochen sei.

Hierüber berichtet Goethe in einem Brief an Charlotte von Stein:

„... und ich war geschwind in den Flammen. Nach so lang trocknem Wetter, bey einem unglücklichen Wind war die Gewalt des Feuers unbändig. Man fühlt da recht wie einzeln man ist, und wie die Menschen doch so viel guten und schicklichen Begriff haben etwas anzugreifen. Die fatalsten sind dabey, wie immer, die nur sehn was nicht geschieht. Und darüber die aufs nothwendige Gerichteten Menschen irre machen. Ich habe ermahnt, gebeten, getröstet, beruhigt, und meine ganze Sorgfalt auf die Kirche gewendet, die noch in Gefahr stund als ich kam und wo ausser den Gebäude noch viel Frucht die dem Herrn gehört, auf dem Boden zu Grunde gegangen wäre. Voreilige Flucht ist der größte Schaden bey diesen Gelegenheiten, wenn man sich anstatt zu retten widersezte, man könnte das unglaubliche thun. Aber der Mensch ist Mensch und die Flamme ein Ungeheuer. Ich bin noch zu keinem Feuer in seiner ganzen Acktivität gekommen als zu diesem. Nach der Bauart unsrer Dörfer müssen wirs täglich erwarten. Es ist als wenn der Mensch genötigt wäre, einen zierlich und künstlich zusammengebauten Holzstos zu bewohnen, der recht, das Feuer schnell aufzunehmen, zusammengetragen wäre.

Aus dem Teich wollte niemand schöpfen denn vom Winde getrieben schlug die Flamme der nächsten Häuser wirbelnd hinein. Ich trat hinzu und rief es geht, es geht ihr Kinder, und gleich waren ihrer wieder da die schöpften, aber bald mußt ich meinen Plaz verlassen, weils allenfalls nur wenig Augenblicke auszuhalten war. Meine Augbrauen sind versengt, und das Wasser in meinen Schuhen siedend hat mir die Zehen gebrüht, ein wenig zu ruhen legt ich mich nach Mitternacht, da alles noch brannte und knisterte, im Wirthshaus aufs Bett, und ward von Wanzen heimgesucht und versuchte also manch menschlich Elend und unbequemlichkeit."

Die 24jährige römische Kellnerin

Was geschah in Italien zwischen Goethe und Faustina

Goethes „Italienische Reise" (1786-1788) bedeutete nicht nur den endgültigen Abschied von Charlotte von Stein, sie brachte nicht nur literarische Produkte wie die Gedichte mit dem Titel „Römische Elegien" oder den „Egmont", sondern auch eine neue Frau in sein Leben - Faustina. Sie war die Tochter eines Gastwirts in Rom und arbeitete als Kellnerin in der Osteria alla Campana. Ob sich ihre Blicke nach der Bestellung einer Pizza classica oder eines Campari-Soda zärtlich begegneten, ist nicht überliefert. Jedenfalls - Faustina wurde Goethes Geliebte und hinterließ einen bleibenden Eindruck auf ihn. Warum er sie nicht mit nach Weimar brachte, wird nicht ganz deutlich, möglicherweise wollte sie ihren Job in der Pizzeria „Osteria alla Campana" nicht aufgeben.

Jedenfalls breitete sich in Weimar eine gewisse Enttäuschung im Tratsch- und Klatschmilieu aus, als Goethe allein zurückkam. Charlotte von Stein war sowieso schon ungehalten, weil er sich still und heimlich, ohne ihr ein Wort zu sagen, in Karlsbad aus dem Staub gemacht hatte.

Goethe war zwar wieder daheim, aber keiner war so recht glücklich darüber, denn durch die Italienreise hatte sich vor allem Goethe selbst verändert.

Die Frustration über Goethe in der Weimarer Schickeria nahm zu, als er Christiane Vulpius kennenlernte. Frau Herder fragte sich in diesem Moment, ohne natürlich etwas von Faustina zu wissen oder gehört zu haben, warum Goethe sich denn keine dunkelhaarige Italienerin mitgebracht habe, als wenn sie doch etwas geahnt hätte.

Noch Jahre später konnte sich Goethe verständlicherweise an Faustina und die Osteria alla Campana gut erinnern. So schrieb er:

„In dieser Osteria hatte ich meinen gewöhnlichen Verkehr. Hier traf ich die Römerin, die mich zu den ‚Elegien' begeisterte. In Begleitung ihres Oheims kam sie hierher, und unter den Augen des guten Mannes verabredeten wir unsere Zusammenkünfte, indem wir den Finger in den verschütteten Wein tauchten und die Stunde auf den Tisch schrieben."

„Ungebildet und von einer gewöhnlichen Hübschheit"

Klatsch und Tratsch in Weimar

Als Goethe im Jahre 1788 aus Italien zurückgekehrt war, rechnete fast ganz Weimar damit, daß er sich eine hübsche junge Italienerin aus dem Süden mitgebracht hätte.

Wie enttäuscht waren jedoch alle, als sie sahen, daß dies nicht nur nicht der Fall war, sondern daß er sich sogar - zum Entsetzen der Weimarer Gesellschaft - erdreistete, sich unmittelbar nach seiner Rückkehr in eine Bürgerliche zu verlieben. Goethe traf Christiane Vulpius, die ihn für einen kurzen Augenblick an seine Geliebte aus Italien erinnert haben soll, im Park an der Ilm, wo sie ihm in seiner Funktion als Geheimer Rat ein Bittgesuch ihres Bruders überreichte. Es muß wohl Liebe auf den ersten Blick gewesen sein. Goethe war wie vom Blitz getroffen, die Natürlichkeit dieses 23jährigen Mädchens haute ihn gewissermaßen um. Der fast 40jährige Goethe hat wohl die Wärme, die er nach Italien im kühlen Norden vermißt hatte, in Christiane gefunden.

Anfangs erfuhr die Weimarer Gesellschaft nichts von Goethes Verhältnis. Aber als dann einmal durchgesickert war, daß sich Goethe mit einer gewissen Person in seinem Gartenhaus ein Liebesnest geschaffen hatte, da begannen Klatsch und Tratsch in Weimar. Skandalös - der Herr von Goethe und eine Blumenbinderin!

„Ich habe nun das Geheimnis von der Stein selbst, warum sie mit Goethe nicht mehr recht gut sein will. Er hat die junge Vulpius zu seinem Clärchen, und läßt sie oft zu sich kommen etc. Sie verdenkt ihm dies sehr," schrieb Caroline Herder am 8. März 1789 an ihren Mann.

Daß Goethes Verhältnis zu Charlotte von Stein sich durch Christiane verändern würde, war klar. Die Enttäuschung Charlottes über Goethes ‚Verwirrung' wird an vielen ihrer Äußerungen deutlich, Verachtung, Hartherzigkeit und Spott kennzeichneten ihre Gefühle. So schrieb Charlotte im Februar 1796 an ihren Sohn Fritz: „Ich hatte ihn seit ein paar Monaten nicht gesehen; er war entsetzlich dick, mit kurzen Armen, die er ganz gestreckt in beiden Hosentaschen hielt. Schiller hatte seinen schönen Tag und sah neben ihm wie ein himmlischer Genius aus ... Ich möchte nur wissen, ob ich dem Goethe auch so physiognomisch verändert vorkomme, als er mir; er ist recht zur Erde geworden, von der wir genommen sind."

Daß Charlotte sich unglaublich verlassen und gekränkt fühlte, ist wohl verständlich. Daß die Damen der Weimarer Gesellschaft sich unglaublich mit dem Verhältnis Goethes beschäftigten, ist wohl der Neigung des Menschen zu Klatsch und Tratsch zu verdanken. Die Schlagzeilen in „Das goldene Blatt" oder „Frau im Spiegel" kann man sich bestens vorstellen.

Insbesondere diffamierende, hingegen nur ganz spärlich liebevolle Äußerungen wurden getan. So schrieb Caroline Schlegel am 25. Dezember 1796 an Luise Gotter nach einem Besuch bei Goethe: „Was ich sah, paßte alles zum Besitzer -

seine Umgebung hat er sich mit dem künstlerischen Sinn geordnet, den er in alles bringt, nur nicht in seine dermalige Liebschaft, wenn die Verbindung mit der Vulpius ... so zu nennen ist. Ich sprach noch heute mit der Schillern davon, warum er sich nur nicht eine schöne Italienerin mitgebracht hat?" Und der Brief endet mit einer Spekulation, die wohl Goethe ein wenig entschuldigen soll: „Jetzt tut es ihm freilich auch wohl nur weh, die Vulpius zu verstoßen, und nicht wohl, sie zu behalten."

Gerüchte, Christiane betrinke sich täglich und sei nicht in der Lage, den Haushalt zu führen, machten die Runde und erregten die Gemüter vieler Menschen in diesem verschlafenen Provinznest.

Auch die Männerwelt reagierte nicht positiv auf Goethes neue Liebe. „Übrigens ergeht's ihm närrisch genug. Er fängt an alt zu werden, und die so oft von ihm gelästerte Weiberliebe scheint sich an ihm rächen zu wollen. Er wird, wie ich fürchte, eine Torheit begehen und das gewöhnliche Schicksal eines alten Hagestolzes haben. Sein Mädchen ist eine Mamsell Vulpius, die ein Kind von ihm hat und sich nun in seinem Hause fast so gut als etabliert hat. Es ist sehr wahrscheinlich, daß er sie in wenigen Jahren heiratet. Sein Kind soll er sehr lieb haben, und er wird sich bereden, daß, wenn er das Mädchen heiratet, es dem Kind zuliebe geschehe, und daß dieses wenigstens das Lächerliche dabei vermieden werden könnte", kommentierte Schiller in einem Brief an Körber (1.11.1790) Goethes Beziehung. Bissiger äußerte sich F. H. Jacobi an Zelter (3.7.1805): „Die ganze Haushaltung, wie sie jetzt besteht, ist ungereimt, und muß jedem wehtun, diesem so, jenem anders. Darüber sind alle eins, daß Goethe diese gemeine Natur nicht heiraten kann; aber ... mit welchem Recht nötigt er uns dann, ihr zu begegnen und mit ihr umzugehen, als wäre sie unserer wert, da er sie doch seiner selbst nicht wert hält?"

Die Aufregung ging hin bis zu wirklichen Beleidigungen: „Er präsentierte mich seiner Frau, der man freilich den langen Umgang mit Goethe und Schiller nicht anmerkt, die aber vor zwanzig Jahren sehr hübsch gewesen sein muß".[35)]

Das Beunruhigende war aber nicht, daß Goethe sich überhaupt mit Christiane eingelassen hatte, sondern daß er Anstalten machte, sie als wirkliche Lebensgefährtin zu betrachten und ein gemeinsames Leben wollte. So heirateten die beiden

1806 nach jahrelanger ,wilder Ehe'. Die Diffamierungen, die man Charlotte von Stein wahrscheinlich am ehesten verzeihen kann, und die bösartigen Ausschmückungen verstummten lange Zeit nicht.

Man wird Christiane und ihren Tugenden und damit auch Goethes Liebe zu ihr nicht gerecht, wenn man nicht auch das Bild von Christiane durch andere Stimmen geraderücken läßt. So notiert K. Morgenstern 1808 in seinem Tagebuch: „Seine Frau war neulich in Frankfurt. Durch Anspruchslosigkeit gefällt sie; zum Beispiel auf die Geheimrätin gibt sie nichts. Ganz unbefangen sprach sie von der Gesellschaft, die Goethe wöchentlich in seinem Hause hat, wo die Herzogin hinzukommt ..., ,... Da bin ich denn natürlich zugegen' sagt sie. - Ich weiß nicht, sagte Goethe ihr öfter, was Du des Morgens so früh zu schaffen hast. ,... Du wirst es wohl einmal sehen, wenn ich nicht da bin', sprach sie. Jetzt, als sie in Frankfurt abwesend war, bat er sie dringend um baldige Rückkehr; er sehe nun wohl, was sie des Morgens zu schaffen habe etc. Es würde zu bedauern sein, wenn er sie je verlöre etc. Das mag alles wahr sein. Es beweist nur, daß Goethe sich eine taugliche Hausfrau geschafft hat, die ihm manche Mühe abnimmt, ihm, der sich nicht gern geniert. Wenigstens leuchtet auch hier der gesunde Verstand des Mannes hervor."

Kinder ja,
aber der Spaß hat seine Grenzen

Mit Goethe wird Spott getrieben

Daß Goethe mit seinem temperamentvollen und unberechenbaren Naturell nicht immer auf eine verständnisvolle Umgebung stieß, ist bekannt. Und während man das Verhältnis Goethes zu so manchem zeitgenössischen Erwachsenen als eher schwierig bezeichnen kann - denkt man zum Beispiel an seine Eskapaden mit Karl August, die nicht unbedingt die Begeisterung aller hervorriefen - so darf man Goethes besonderes Verhältnis zu Kindern nicht unerwähnt lassen.

Goethe selbst ist als erstes Kind seiner gerade 18jährigen Mutter mit seiner einzigen Schwester Cornelia aufgewachsen. Vier weitere Kinder wurden geboren, sind jedoch früh verstorben. Mit seiner jungen Mutter, die ja selbst noch ganz Kind mit ihren Kindern war, und seiner Schwester, zu der er immer ein inniges Verhältnis hatte, erlebte er ein glückliches Kindsein.

Das Erleben der eigenen glücklichen Zeit als Kind prägte Goethe wohl auch im Hinblick auf sein Verhalten als Erwachsener Kindern gegenüber.

Selbst lange kinderlos - sein einziges Kind August wurde erst 1789 geboren - hatte er trotzdem immer Kinder um sich herum und war ein wirklicher Kinderfreund.

Als häufiger Gast bei Wieland genoß er es, mit dessen

Kindern - es waren im Laufe der Jahre 14 an der Zahl - herumzubalgen. Selbst die „feinen holländischen Schnupftücher, die er sich aus Frankfurt hat besorgen lassen, sind ihm nicht zu schad', die kleinen Rotznäschen ... abzuwischen".[36)] Spaß konnte er schon verstehen, der Dichter. Und den fast grenzenlos. Aber nur fast. Denn als er in seiner Weimarer Zeit leidenschaftlich um die verheiratete Charlotte von Stein warb, die ja auch schon Kinder hatte, als er sich also gewissermaßen in seiner heißen Werbephase um Charlotte befand und in ihrer Gegenwart Verspottung oder Verhöhnung seiner Person natürlich nicht gebrauchen konnte, da muß eben dieses bei einem seiner Besuche geschehen sein: Karl, der älteste Sohn von Charlotte, der Goethe wohl nicht sonderlich leiden konnte, schlich sich, in Unkenntnis der Besonderheit dieses romantischen Augenblicks zwischen seiner Mutter und Goethe, „mit dem Blasebalg, der eigentlich nur zu Aneiferung des Kaminfeuers da ist, heran; schiebt ihn ganz unmerklich in die Atlashose, drückt zu ..."[37)] Man braucht nicht viel Phantasie, um sich Goethes Reaktion vorzustellen. Charlotte erlebte ihn wohl zum ersten Mal rasend.

Daß das Verhältnis zu Karl sich durch diese Aktion nicht gerade verbesserte, ist klar. Dafür entwickelte sich zwischen Goethe und Fritz, dem jüngsten Sohn Charlottes, fast ein Vater-Sohn-Verhältnis.

Goethe als Seiltänzer

Kinderbelustigung in Goethes Garten

Bekannt und beliebt bei den Kindern war Goethe durch diverse Kinderbelustigungsveranstaltungen. Phantasialand und Disney-World waren bei den Kids noch nicht en vogue, und so versuchte Goethe erfolgreich, die Kinder durch Festlichkeiten zu begeistern.

Ein besonderer Spaß soll zum Beispiel das Ostereiersuchen gewesen sein: gefärbte Eier gab es zwar noch nicht im Kühlregal des Lebensmittelmarktes - die Eier mußten in der Goetheschen Küche mit natürlichen Färbemitteln wie Zwiebel- oder Rote-Bete-Saft gefärbt werden. Wenn sie dann aber in dem großen Garten mit köstlichen Orangen versteckt worden waren und gesucht werden durften, dann war der Spaß, wie wohl heute noch, groß. Wer das Gelände um Goethes Gartenhäuschen gesehen hat, kann sich vorstellen, wie die Kinder durcheinander den Abhang hinauf und herunter tollten.

Aber nicht nur zur Osterzeit, sondern auch saisonunabhängig lud Goethe Kinder zu sich ein. Die Meisterschaft im Märchenerzählen hatte er von seiner Mutter, und die Kinder hörten ihm genau so gerne zu, wie sie die Schattenbilder sahen, die er mit Hilfe eines Tischtuches oder Lakens und einer Lampe mit seinen Händen an die Wand projizierte. Ganze Geschichten soll er so gespielt haben.

Mit seiner Fähigkeit, auf dem Seil zu balancieren, hätte er zwar noch nicht mit dem „Chinesischen Nationalzirkus" reisen können, unter seiner Aufsicht aber entdeckte so manches Kind artistische Fähigkeiten an sich.

Doch das alles war nichts gegen das absolute Highlight: nach vielen Stunden des Spielens „erscheinen im Garten zwei wandelnde Pyramiden, die von oben bis unten mit Eßwaren behängt sind. Jeder darf sich herunterreißen, was er mag. Kein Wunder, daß man vor Vergnügen aus dem Häuschen gerät und auch einmal die eine der Pyramiden umschmeißt. Das ist dann erst ein Hauptspaß!”[38)]

Schweine sorgten für Partnerkrise

Flucht vor Rauchen, Handwerkerlärm und Schweinegestank

Im Umgang mit anderen Menschen zeigte sich Goethe auf der einen Seite weltgewandt und beherrschte die gesellschaftlichen Umgangsformen, auf der anderen Seite zeigte er besonders mit zunehmendem Alter auch persönliche Schwächen, man könnte fast sagen: Marotten.

Seine fast militante Abneigung gegenüber dem Rauchen ist ja allgemein bekannt. In einer Tagebuchaufzeichnung von Böttiger aus dem Jahre 1799 wird Goethes Abneigung gegenüber Handerwerkerlärm und Schweinegestank deutlich:

„Goethe hat nicht den Mut, gewissen äußeren Eindrücken zu widerstehen. Viele Menschen flieht er z.B. schon darum, weil sie Tabak rauchen. Neben seinem Hause wohnt ein Leinweber. Das Pochen und Aufschlagen an den Weberstuhl, was das Geschäft dieses Handwerkers mit sich bringt, ist ihm so verhaßt, daß er alles angewandt hat, um diesen pochenden Kobold zu bannen oder ihm zu entfliehen. Darauf hat sich Goethe entschlossen, lieber in seinem Gartenhaus vor der Stadt zu wohnen, das er seit vielen Jahren nicht mehr bewohnt hatte, weil ihm die Erinnerungen an früher dort verlebte Tage unangenehm waren, als den Leinweber zu hören. Oft ist er deswegen auch schon wochenlang nach Jena gezogen. Indes mußte er sich doch manches, durch häusliche Umgebung eingeengt, gefallen lassen. Neulich fand es die Dame Vulpius sogar für geraten, Schweine, deren Geruch ihm eine Pest ist, einzustallen. Hier indes drang sein Widerwille durch, und die circeischen Gesellen mußten sogleich geschlachtet werden."[39]

Auf den Hund gekommen ...

Ein Pudel sorgt am Weimarer Theater für Verwirrung

Es ist allgemein bekannt, daß Johann Wolfgang von Goethe eine starke Abneigung gegenüber Hunden hatte. Er „konnte sie einfach nicht ab", und daraus entstand im Jahr 1817 ein Konflikt, der sich ausweitete und letztendlich dazu führte, daß Goethe von seiner Funktion als Weimarer Theaterintendant zurücktrat.

Ein Schauspieler, der mit einem dressierten Pudel über Land zog und eine Bühne nach der anderen aufsuchte, kam auch nach Weimar, um dort sein Stück zu präsentieren, in dem der Pudel die Hauptrolle spielen sollte. Das „historisch-romantische Drama" lautete „Der Hund des Aubri de Mont-Didier oder Der Wald bei Bondy", und darin hatte der Hund als tierischer Protagonist die dankbare Aufgabe, einen Mörder zu entdecken. Als Schauspieler wurde schnell Herr Karsten vom K.K. Theater an der Wien engagiert, doch Goethe lehnte eine Aufführung ab, ein Pudel war nun doch zu viel. Doch Herzog Karl August und seine Mätresse Caroline Jagemann standen diesem scheinbar originellen Bühnenstück sehr aufgeschlossen gegenüber, zumal sie beide eine Faible für Hunde hatten, sich dieses Pudelspektakel nicht entgehen lassen wollten und es Caroline Jagemann Gelegenheit zur Intrige bot. „In einer Intendanzsitzung wird der Befehl erörtert. Goethe verurteilt das ‚Kunststück' - die zur Unnatur gezwungene Natur! im allgemeinen, beruft sich dann auf die Statuten, die das Mitbringen von

Hunden ins Theater untersagen. Es kommt zu keiner Einigung."[40]

Umstimmungsversuche bei Goethe schlugen fehl. Genervt machte sich dieser auf den Weg nach Jena, in einem Billet an den Herzog bat er um Beurlaubung. Während Goethe in Jena schmollte, liefen derweil die Vorbereitungen für das Theaterstück in Weimar auf Hochtouren. Am 12. April 1817 hatte der Pudel seinen großen Auftritt. Die Aufführung wurde ein großer Erfolg zur Genugtuung des Herzogs und Caroline Jagemanns.

Goethe hatte sich mittlerweile von dem „Kulturschock" erholt und befaßte sich mit Angelegenheiten der Universität, arbeitete an seinen naturwissenschaftlichen Forschungen im Bereich der Optik und Mineralogie.

In Weimar machte man sich Sorgen um Goethe. So wurde Frau von Stein tätig und bat Knebel: „Vielleicht hat Ihnen Goethe die Ursache seiner Flucht von hier erzählt. Einige gute Freunde haben mich veranlaßt, Sie zu bitten: Sie möchten doch suchen, Ihren alten Freund zu besänftigen, und ihn bereden, das Geschäft des Theaters ohne Groll von sich ganz abzulehnen ... Sagen Sie ihm, daß er dieses mir zur Liebe tun soll! Gar inniglich ließ ich ihn darum bitten, weil ich fest überzeugt bin, daß es zu seinem Besten ist."

Aus dieser „Pudelaffäre" zog Goethe die Konsequenzen, die kleinlichen Scherereien des Verwaltungsgeschäfts anderen zu überlassen und sich nur noch an der Vorbereitung und Ausführung von dem, „was eigentlich die Kunst betrifft", zu beteiligen.

Damit war Goethes Karriere als Theaterintendant beendet.

Dieser Schritt wurde von zahlreichen bedauert, allen voran Charlotte Schiller, die resümierte: „Die Art der Deklamation, die Goethe einzulernen wußte, daß selbst seelenlose Menschen es gut wiedergaben (...) das kann Niemand ersetzen."

Über diesen angeblichen Sieg hingegen freute sich Caroline Jagemann. Karl von Stein schrieb über sie: „Karolinchen brüstet sich als wie ein Pfau und würde wohl Rad schlagen, wenn sie es könnte."

Angst vor unbändigen Knaben

Belästigung unter Kastanien und Obstbäumen

Goethes Liebe zu Kindern ist allgemein bekannt. Das bezog sich nicht nur auf seinen eigenen Sohn, sondern auch auf die Kinder von Freunden und Bekannten.

Aber irgendwann einmal war nun doch das Maß gestrichen voll und seine Geduld am Ende.

Im Jahr 1817 schien dieser Punkt erreicht zu sein, denn was zu viel ist, ist einmal zuviel, und Goethe entschloß sich auf Grund von Vorkommnissen, ein Schreiben an die Landesdirektion zu schicken.

Darin stand zu lesen:

„In der Ackerwand steht eine Reihe Kastanienbäume; sobald nun Früchte einigermaßen zu reifen anfangen, werfen die Knaben mit Steinen darnach, ohne sich im mindesten um die Vorübergehenden zu kümmern. Ferner wird man nicht nur auf gedachter Straße, sondern auch in den Gärten belästigt; nach Obstbäumen, die an der Mauer her stehen, werfen unbändige Knaben, bei noch völlig unreifen Früchten, Steine, ja Knittel, und der Besitzer, in Gefahr auf eigenem Grund und Boden verletzt zu werden, sieht sich in der Hoffnung getäuscht, seine Früchte zu genießen."

... als ob Liebe etwas mit dem Verstand zu tun hätte

Was wir an den Frauenzimmern lieben ...

Goethe ist oftmals und immer wieder dafür kritisiert worden, daß er sich mit Christiane Vulpius eine Frau zur Geliebten und Lebensgefährtin gewählt hatte, die standesmäßig weit unter ihm einzuordnen war und, was noch viel schlimmer war, ihm intellektuell „nicht das Wasser reichen" konnte.

Zu Eckermann hat Goethe (2.1.1824) seine Meinung zur Liebe folgendermaßen auf den Punkt gebracht: „Pah!" sagte Goethe lachend, „als ob die Liebe etwas mit dem Verstande zu tun hätte! Wir lieben an einem jungen Frauenzimmer ganz andere Dinge als den Verstand. Wir lieben an ihr das Schöne, das Jugendliche, das Neckische, das Zutrauliche, den Charakter, ihre Fehler, ihre Capricen, und Gott weiß was alles Unaussprechliche sonst; aber wir lieben nicht ihren Verstand. Ihren Verstand achten wir, wenn er glänzend ist, und ein Mädchen kann dadurch in unseren Augen unendlich an Wert gewinnen. Auch mag der Verstand gut sein, uns zu fesseln, wenn wir bereits lieben. Allein der Verstand ist nicht dasjenige, was fähig wäre, uns zu entzünden und eine Leidenschaft zu erwecken."

Aus dieser Äußerung Goethes wird deutlich, daß auch damals schon Schönheiten vom Format Claudia Schiffers bessere Chancen bei den Männern hatten als die „Normal-" oder

„Durchschnittsfrau".

Wie es sich jedoch mit einer solchen Schönheit auf Dauer lebt, darüber äußert sich Goethe klugerweise nicht ...

Oder sollte mehr, als man bisher glaubte, an dem Spruch dran sein: „Warum stehen Männer eher auf schönen als auf klugen Frauen? - Weil sie besser sehen als denken können". ...?

Rauchen als impertinente Ungeselligkeit

Goethe verwirft Rauchen und Schnupfen

Goethe ist bekannt dafür, daß er ein Gegner des Rauchens war und dieses auch immer wieder äußerte. So schrieb Knebel über Goethe:

„Das Rauchen, sagt er, macht dumm; es macht unfähig zum Denken und Dichten. Es ist auch nur für Müßiggänger, für Menschen, die Langeweile haben, die ein Dritteil des Lebens verschlafen, ein Dritteil mit Essen, Trinken und anderen notwendigen oder überflüssigen Dingen hindudeln, und alsdann nicht wissen, obgleich sie immer vita brevis sagen, was sie mit dem letzten Dritteil anfangen sollen. Für solche faule Türken ist der liebevolle Verkehr mit den Pfeifen und der behagliche Anblick der Dampfwolke, die sie in die Luft blasen, eine geistvolle Unterhaltung, weil sie ihnen über die Stunden hinweg hilft. Zum Rauchen gehört auch das Biertrinken, damit der erhitzte Gaumen wieder abgekühlt werde. Das Bier macht das Blut dick und verstärkt zugleich die Berauschung durch den narkotischen Tabaksdampf. So werden die Nerven abgestumpft und das Blut bis zur Stockung verdickt. Wenn es so fortgehen sollte, wie es den Anschein hat, so wird man zwei oder drei Menschen-Alter[n] schon sehen, was diese Bierbäuche und Schmauchlümmel aus Teutschland gemacht haben. An der Geistlosigkeit, Verkrüppelung und Armseligkeit unserer Literatur wird man es zuerst bemerken, und jene Gesellen werden dennoch diese Misere höchlich bewundern. Und was kostet der

Greuel. Schon jetzt gehen 25 Millionen Taler in Teutschland in Tabaksrauch auf. Die Summe kann auf 40, 50, 60 Millionen steigen. Und kein Hungriger wird gesättigt und kein Nackter gekleidet. Was könnte mit dem Gelde geschehen! Aber es liegt auch in dem Rauchen eine arge Unhöflichkeit, eine impertinente Ungeselligkeit. Die Raucher verpesten die Luft weit und breit und ersticken jeden honetten Menschen, der nicht zu seiner Verteidigung zu rauchen vermag. Wer ist denn imstande, in das Zimmer eines Rauchers zu treten, ohne Übelkeit zu empfinden? wer kann darin verweilen, ohne umzukommen?"[41]

Wer ist der Autor?

Das Geheimnis des Ginkgoblattes

Goethe, der von sich selbst behauptete, daß er im Leben neunmal, zehnmal leidenschaftlich geliebt habe, hatte unterschiedliche Beziehungen zu sehr unterschiedlichen Frauen, wie beispielsweise zur zutraulichen Käthchen Schönkopf, zur anmutigen Friederike Brion, zur bildschönen Lilli Schönemann, zur seelenverwandten und inspirierenden Charlotte von Stein, zur sinnlichen und natürlichen Christiane Vulpius u. a. mehr.

Eine weitere Beziehung sollte besonders erwähnt werden, da durch sie eines der wohl schönsten Liebesgedichte, "Ginkgo biloba", von Goethe zustande kam. Gemeint ist die Beziehung zu Marianne von Willemer, der 1784 in Österreich geborenen, musisch und poetisch äußerst begabten Frau, die im Jahr vor ihrer näheren Bekanntschaft mit Goethe den 25 Jahre älteren Johann Jacob von Willemer geheiratet hatte.

Nachdem Goethe im Sommer 1814 eine Reise an den Rhein und den Main unternommen hatte und schon da mit größter Freude von den Willemers aufgenommen worden war, reiste er erneut 1815 zu ihnen. Mariannes Anmut und Fähigkeit, ihre Mitmenschen zu fesseln, ihr Interesse und ihre Begabung fürs Musische machten wohl auf Goethe großen Eindruck. Was sich genau zwischen der 30jährigen Marianne und dem 66jährigen Goethe abgespielt hat, weiß man nicht. Man berichtet von langen Spaziergängen, Fahrten, geselligem Beisammensein und Festen. Fest steht jedenfalls, daß Goethe begann, über Marianne und an sie Gedichte zu schreiben. Marianne antwortete - in Gedichtform! - und zeigte darin eine solche Begabung, daß Goethe ihre Gedichte in seine Sammlungen aufnahm. Lange wußte man nicht einmal, welche Gedichte von Goethe stammten und welche von Marianne. Die Gedichte sind in ihrem Inhalt nur schwer zu verstehen, weil sie hochintellektuell und verschlüsselt sind.

Jedenfalls hatte eine poetische Liebesbeziehung zwischen beiden begonnen, wovon man heute noch schönstes Zeugnis im "Buch Suleika" hat, das das Liebesgespräch zwischen Hatem (das war wohl Goethe selbst) und Suleika (Marianne) beinhaltet. Eine unglaubliche geistig-seelische Harmonie empfand Goethe mit Marianne, die ihm dichterisch zu antworten wußte. Wie es aber so oft im Leben ist, die schönen Dinge sind nicht von Dauer. Die Beziehung war wohl nur die Liebesidylle eines Sommers, an die die Erinnerung jedoch bei beiden ein Leben lang anhielt. Es bleibt das wunderschöne Gedicht, das Goethe für Marianne geschrieben hatte und als Zeichen einer tief empfundenen Liebe gelten kann.

Ginkgo biloba

Dieses Baumes Blatt, der von Osten
Meinem Garten anvertraut,
Gibt geheimen Sinn zu kosten,
Wie's den Wissenden erbaut.

Ist es ein lebendig Wesen,
Das sich in sich selbst getrennt?
Sind es zwei, die sich erlesen,
Daß man sie als eines kennt?

Solche Fragen zu erwidern,
Fand ich wohl den rechten Sinn;
Fühlst Du nicht an meinen Liedern,
Daß ich eins und doppelt bin?

Für Goethe war das Ginkgo-Blatt ein vieldeutiges Symbol der Liebe.

"Entdeckt" hatte Goethe diese Pflanze, die bis ins 18. Jahrhundert nur in Japan und China vorkam, bei seinen naturwissenschaftlichen Studien. Der Ginkgo ist weder Laub- noch Nadelbaum, er besitzt zweilappige, fächerförmige Blätter. Fasziniert hatte Goethe wohl die Exotik dieser Pflanze. Und da er in Weimar für die Parkgestaltung verantwortlich war, hat er den Ginkgo als Zierbaum gepflanzt. Diese Pflanzung wirkt bis heute nach, denn Weimar ist auch jetzt noch bekannt für seine Ginkgo-Bäume.

Fest steht jedenfalls, daß Goethe durch diese Pflanze, besser noch durch das Blatt, das aus zwei Teilen besteht, zu einem wunderschönen Liebesgedicht inspiriert worden ist. Und das aus Liebe zu einer faszinierenden Frau. "Bei Goethe war erstens die Liebe stets mit menschlich warmem Anteil an der Eigenart der Geliebten verbunden, dann war es die Situation, die ihm das Verhältnis bot oder in die er sich hineinträumte, die Stimmung, die daraus hervorging, die Dichtung, die er daraus gewann, was ihn in Anspruch nahm. Bei Goethe bewegt sich die Liebe immer mehr in diesen Regionen als auf dem Boden der Wirklichkeit."[42)]

Anmerkungen

1) J. W. v. Goethe: Aus meinem Leben, S. 20,21.
2) K. O. Conrady: Goethe, S. 224,225.
3) J. W. Schaefer: Goethe's Leben. 1. Band, 2. 254.
4) W. Bode: Goethes Liebesleben, S. 8.
5) W. Bode: Goethes Liebesleben, S. 22,23.
6) vgl. G. H. Lewes: Goethe's Leben und Werke, Erster Band, S. 134.
7) G. H. Lewes: Goethe's Leben und Werke, Erster Band, S. 166.
8) G. H. Lewes: Goethe's Leben und Werke, Erster Band, S. 168.
9) G. H. Lewes: Goethe's Leben und Werke, Erster Band, S. 41.
10) G. H. Lewes: Goethe's Leben und Werke, Erster Band, S. 271.
11) G. H. Lewes: Goethe's Leben und Werke, Erster Band, S. 271.
12) W. Bode: Goethes Leben 1774-1776, S. 180.
13) R. Friedenthal: Goethe, S. 192.
14) W. Bode: Goethes Leben 1774-1776, S. 52.
15) W. Bode: Goethes Leben 1774-1776, S. 210.
16) F. A. Hohenstein: Weimar und Goethe, S. 9.
17) W. Bode: Goethes Leben 1774-1776, S. 189.
18) F. A. Hohenstein: Weimar und Goethe, S. 27.
19) F. A. Hohenstein: Weimar und Goethe, S. 27,28.
20) F. A. Hohenstein: Weimar und Goethe, S. 40.
21) G. Günther u.a.: Goethe in Weimar, S. 240, 241.
22) R. Friedenthal: Goethe, S. 279.
23) R. Friedenthal: Goethe, S. 280.
24) J. Voigt: Goethe und Ilmenau, S. 14,15.
25) J. Voigt: Goethe und Ilmenau, S. 14.
26) R. Friedenthal: Goethe, S. 218.
27) E. Kleßmann: Goethe aus der Nähe, S. 72.
28) J. Voigt: Goethe und Ilmenau, S. 30.
29) R. Friedenthal: Goethe, S. 237.
30) Ein Autor entleiht seine eigenen Werke, o.S.
31) Goethes Brief an Charlotte von Stein, 1. Bd., S. VI.
32) E. Kleßmann: Goethe aus der Nähe, S. 92.
33) F. H. Hohenstein: Weimar und Goethe, S. 38.
34) F. H. Hohenstein: Weimar und Goethe, S. 53,54.
35) Caspar Voght, Reisejournal 1807, zitiert nach: K.O. Conrady: Goethe, S. 88.
36) F. A. Hohenstein: Weimar und Goethe, S. 72.
37) F. A. Hohenstein: Weimar und Goethe, S. 73.
38) F. A. Hohenstein: Weimar und Goethe, S. 74.
39) Böttiger Tagebuch 31.8.1799, zitiert nach: Goethe in vertraulichen Briefen seiner Zeitgenossen, Bd. II, S. 150,151.
40) F. A. Hohenstein: Weimar und Goethe, S. 355.
41) W. Victor: Die geöffnete Tür, S. 41, 42.
42) K. J. Schröer: Goethe und die Liebe, S. 72.

Literaturverzeichnis

Arendt, Dorothee u. Gertraud Aepfler: Goethes Gärten in Weimar, Leipzig (1994).

Ein Autor entleiht seine eigenen Werke, in: Thüringische Landeszeitung 22.3.1952, 2. Blatt, Nr. 59,8.79.

Bertaux, Pierre: Gar schöne Spiele spiel' ich mit dir! Zu Goethes Spieltrieb, Frankfurt 1986.

Bielschowsky, Albert: Goethe. Sein Leben und seine Werke in zwei Bänden, München 32. Aufl. 1917.

Bode, Wilhelm: Goethes Leben 1774-1776 Die Geniezeit, Berlin 1922.

Bode, Wilhelm: Goethes Leben 1776-1780 Am Bau der Pyramide seines Daseins, Berlin 1925.

Bode, Wilhelm, Goethes Leben 1781-1786. Pegasus im Joche, Berlin 1925.

Bode Wilhelm: Goethes Liebesleben, Bern 1970.

Böhm, Hans: Goethe · Grundzüge seines Lebens und Werkes, Berlin 1944.

Boerner, Peter: Johann Wolfgang von Goethe mit Selbstzeugnissen und Bilddokumenten, (Hamburg 27. Aufl. 1993), (rowohlts monographien 100).

Conrady, Karl Otto: Goethe. Leben und Werk, (Frankfurt 1987).

Dietze, Walter: Johann Wolfgang Goethe. Weltbild Menschenbild Poesie, (Weimar 1982), (Tradition und Gegenwart Weimarer Schriften Heft 3 1982).

Friedenthal, Richard: Goethe. Sein Leben und seine Zeit, (München 1963).

Geerdts, Hans Jürgen: Johann Wolfgang Goethe, Leipzig 1977.

Goethe in vertraulichen Briefen seiner Zeitgenossen, zusammengestellt von Wilhelm Bode, I 1749-1793, Berlin und Weimar 1982.

Goethe in vertraulichen Briefen seiner Zeitgenossen, zusammengestellt von Wilhelm Bode, II. 1794-1816. Berlin und Weimar 1982.

Goethe in vertraulichen Briefen seiner Zeitgenossen, zusammengestellt von Wilhelm Bode, III 1817-1832, Berlin und Weimar 1982.

Goethe. Sein Leben in Bildern und Texten. Vorwort von Adolf Muschg, hrsg. von Christoph Michel, gestaltet von Willy Fleckhaus, (Frankfurt 1987).

Goethe, Johann Wolfgang von: Goethes Werke, hrsg. im Auftr. d. Großherzogin Sophie von Sachsen, Weimar Ausg., Nachdr. d. Ausg. Weimar 1887-1919. München 1987.

Goethes Briefe an Charlotte von Stein (Herausgegeben von Hans Heinrich Borcherdt) zwei Bände, Berlin (o.J.).

Goethes Briefe an Charlotte von Stein, hrsg. von Jonas Fränkel, (Frankfurt 1988).

Goethes Ehe in Briefen. Der Briefwechsel zwischen Goethe und Christiane Vulpius 1792-1816, hrsg. von Hans Gerhard Gräf, (Frankfurt 1994).

Goethes Feste. Herausgegeben und mit einem Nachwort von Uwe Hebekus, (Frankfurt 1993).

Goethes Werke. Unter Mitwirkung mehrerer Fachgelehrter hrsg. von Prof. Dr. Karl Heinemann 12. Band, Leipzig, Wien (o.J.), Aus meinem Leben. Dichtung und Wahrheit, Erster Teil.

Grimm, Herman: Das Leben Goethes, neu bearbeitet und eingeleitet von Reinhard Buchwald, Stuttgart (6. Aufl. 1949).

Günther, Gitta, Schneider, Wolfgang, Seifert, Jürgen u,.a.: Goethe in Weimar. Ein Kapitel deutscher Kulturgeschichte, hrsg. von Karl H. Hahn, Leipzig 2. Aufl. 1991.

Hohenstein, Friedrich August: Weimar und Goethe. Ereignisse und Erlebnisse, Berlin (1931).

Hohenstein, Lily: Goethe. Wuchs und Schöpfung, Berlin (o.J.).

Keudell, Elise von: Goethe als Benutzer der Weimarer Bibliothek. Ein Verzeichnis der von ihm entliehenen Werke, hrsg. mit einem Vorwort von Prof. Dr. Werner Deetjen, Weimar 1931.

Kleßmann, Eckart: Christiane. Goethes Geliebte und Gefährtin, Darmstadt (4. Aufl. 1995).

Kleßmann,. Eckart: Goethe aus der Nähe. Berichte von Zeitgenossen, Darmstadt (2. Aufl. 1995).

Lewes, G. H.: Goethe's Leben und Werke. Erster und zweiter Band, Berlin (o.J.).

Mayer, Hans: Goethe. Ein Versuch über den Erfolg, (Frankfurt. Leipzig 1992).

Schaefer, J. W.: Goethe's Leben. Erster Band. Zweiter Band, Leipzig 3. Aufl. 1877.

Schröer, Karl Julius: Goethe und die Liebe. Goethe und Marianne von Willemer. Goethes äußere Erscheinung, neu hrsg. und eingef. von Detlef Sixel, Dornach (1989).

Stadtlaender, Chris: „Die kleine Welt" am Frauenplan. Der Alltag Goethes mit Christiane Vulpius, (München 1987).

Victor, Walter: Die geöffnete Tür. Goethe-Anekdoten, (Weimar 1982).

Voigt, Julius: Goethe und Ilmenau. Unter Benutzung zahlreichen unveröffentlichten Materials dargestellt von Julius Voigt. Mit sieben Handzeichnungen Goethes, einer Karte, einem Faksimile und zweiundzwanzig Bildbeigaben, Leipzig 1912.

Wolfgang und Christiane. Goethes Ehe in den neunziger Jahren. Eine Briefauswahl von Siegfried Seidel mit Zeichnungen von Christian Butter, Weimar (2. Aufl. 1990).

Goethe. Biographie in Stichworten

1749-28.8.: Johann Wolfgang Goethe in Frankfurt (a.M.) als Sohn des kaiserlichen Rats Johann Caspar Goethe und der Katharina Elisabeth Goethe, geb. Textor, geboren. 1749 - 1765: Kindheit und Jugend in Frankfurt mit der Schwester Cornelia. 1765-1768: Studium der Rechtswissenschaft in Leipzig (u.a. bei Gottsched und Gellert), Zeichenunterricht bei Oeser, Liebe zu Käthchen Schönkopf, erste Lyrik und dramatische Versuche, schwere Erkrankung. 1768-1770: Erholung von der Krankheit in Frankfurt, Beschäftigung mit Pietismus und Mystik. 1770-1771: Fortsetzung und Abschluß des Studiums in Straßburg, Liebe zu Friederike Brion in Sesenheim, erste Begegnung mit Herder, Durchbruch zum Sturm und Drang. 1771: Rede „Zum Shakespeare-Tag". 1771-1775: Tätigkeit als Rechtsanwalt in Frankfurt/M., Leidenschaft zu Charlotte Buff, Freundschaft zu J. H. Merck. 1773: „Götz von Berlichingen". 1773-1775: „Urfaust" . 1774: „Leiden des jungen Werther", „Clavigo", Hymnen, Reise bis Düsseldorf mit Lavater, Dez.: Besuch des Prinzen Karl August von Weimar in Frankfurt. 1775: Verlobung und Auflösung der Verlobung mit Lilli Schönemann. Erste Schweizer Reise mit dem Grafen Stolberg, November: Ankunft in Weimar. 1775 - 1786: vielfältige Verwaltungsaufgaben in Weimar (Staatsrat, Minister, Kriegskommissar, Direktor des Wegebaus, Geheimer Rat), Freundschaft mit Herzog Karl August, Herder, Wieland, Knebel, Verehrung von Charlotte von Stein, Reise in den Harz. 1777-1785: „Wilhelm Meisters theatralische Sendung". 1779: Zweite Schweizer Reise mit Karl August, Ernennung zum Geheimen Rat, Direktor der Kriegs- und Wegebaukommission. 1782: Empfang des Adelstitels, Finanzminister, Einzug ins Haus am Frauenplan. 1789: naturwissenschaftliche Betätigung, Entdeckung des Zwischenkieferknochens. 1785: botanische

Studien, erster Aufenthalt in Karlsbad. 1786-1788: erste fluchtartige Reise nach Italien. 1786: „Iphigenie auf Tauris". 1787: „Egmont". 1788: Rückkehr nach Weimar, Bekanntschaft und Liebe mit Christiane Vulpius, Bruch mit Charlotte von Stein, Begegnung mit Schiller in Rudolstadt. 1788-1832: häufige Aufenthalte in Jena. 1788-1789: „Torquato Tasso". 1788-1790: „Römische Elegien". 1789: Geburt des Sohnes August. 1790: Reise nach Venedig, Reisen nach Schlesien und Westpolen. 1791-1817: Leitender Direktor des Weimarer Hoftheaters. 1792/1793: Teilnahme am Feldzug in Frankfurt / Belagerung von Mainz. 1793/94: „Reineke Fuchs". 1794-1805: Freundschaft mit Schiller. 1795-1796: Zusammenarbeit mit Schiller an den „Xenien", Mitarbeit an Schillers „Horen". 1796: Leitende Tätigkeit im Bergwerk in Ilmenau, „Wilhelm Meisters Lehrjahre". 1797: Dritte Schweizer Reise, Balladen, „Hermann und Dorothea". 1803: Tod Herders. 1805: Tod Schillers. 1806-1823: häufige Besuche in den böhmischen Bädern, mineralogische Studien. 1806: Besetzung Weimars durch die Franzosen, Eheschließung mit Christiane Vulpius, Vollendung „Faust I". 1807-1810: „Farbenlehre". 1808: Tod der Mutter in Frankfurt, Begegnung mit Napoleon. 1809: „Die Wahlverwandtschaften". 1814/1815: Reisen an Rhein, Main und Neckar, Liebe zu Marianne von Willemer. 1814-1819: „West-östlicher Divan. 1816: Tod Christianes. 1823: Aufenthalt in Marienbad und Karlsbad, Zuneigung zu Ulrike von Levetzow („Marienbacher Elegien"), Bekanntschaft Eckermanns. 1828: Tod Karl Augusts, Aufenthalt in Dornburg. 1830: Tod des Sohnes August in Rom. 1831: Vollendung „Dichtung und Wahrheit". 1832: Vollendung „Faust II". 1832: 22.3.: Tod Goethes in Weimar, 26.3.: Beisetzung in der Weimarer Fürstengruft.